죄와 벌

고전 찬찬히 읽기

07

죄와 벌

몰락하는 자의 뒷모습

수경 지음

작은길

차례

일러두기

『죄와 벌』을 비롯한 도스토옙스키의 작품은 David Mcduff가 영역한
Penguin Classic판을 번역하여 실었다.

어느 도끼 살인범의 윤리학

『죄와 벌』 자체가 갖는 무거움이라든가, 으레 이 작품에 대해 사람들이 떠올리곤 하는 어둡고 음습한 분위기라든가 하는 것을 조금이라도 덜기 위해서라도 개인적인 경험을 술회하는 것으로 이 책을 시작하고 싶다. 물론 내게도 도스토옙스키의 작품은 결코 가볍지 않고 밝지 않다. 지금으로부터 20년도 더 된 오래전 그날도 그건 마찬가지여서, 십대 여고생이었던 내가 처음 접한 『죄와 벌』은 당최 이해되지 않는 이야기일 뿐이었다. 시작은 좋았다. 스릴 넘치는 1부에서 한 남자가 도끼로 두 여성을 살해할 때까지는 말이다. 문제는 그다음부터다. 곧이어 작품은 말도 안 되는 양상으로 전개되었다. 2부에서부터는 더 이상 '사건'이라 할 만한 것이 일어나지 않는 데다가 주인공은 알 듯 말 듯 한 말을 저 혼자 지껄였다. 살인사건이 일어났으면 그런 다음에는 수사하고 심문하고 추격하고 달아나고 검거하는 게 '인지상정'이거늘 이 소설은 그런 전개가 펼쳐질 기미조차 보이지 않았다! 우연들이 겹치고 겹쳐 자발적으로 도스토옙스키를 펼치기는 했으나 지극히 평범한 감수성의 소유자였던 나는 이 소설이 손에 꼽히는 고전이어야 하는 이유를 알 수가 없었다. 나는 짐작한다. 지금도 많은 사람들에게 도스토옙스키는 낯설고 무섭고 어려운 이름이리라. 읽으려고 『죄와 벌』을 펼쳤다가 2부에서 책을 내던진 (나 같은) 사람이 분명 있을 것이고, 다 읽긴 읽었으되 책에 대해 한마디도 할 수 없는 (또 나 같은) 사람도 있을 것이다. 충분히 이해한다. 나도 그랬으니까.

단지 작중화자가 들려주는 묘사가 따라가기 힘들 정도로 어지럽고 주인공의 독백이 관념적이라는 이유만으로 이 소설을 읽기가 그토록 버거운 건 아니라고 생각한다. 그 당시 나는 아무것도 몰랐지만, 이 책에 뭔가 있다는 것 정도는 '감'으로 알았다. 눈이 마주치는 순간 '돌이킬 수 없는 사태'를 가져올 괴물이 페이지 어디께 웅크리고 있기라도 한 양, 나는 이후에도 종종 (다시 펼쳐볼 생각은 차마 못 하고) 『죄와 벌』을 떠올리며 어깨를 움츠리곤 했다. 기회가 되어 다시 몇 번이고 작품을 읽고 또 읽으며 내 감이 틀리지 않았다는 걸 확인할 수 있었다. 다시 봐도 물론 책은 어려웠다. 재미있는 건 그 이유가 어디 깊숙이 숨어 있는 게 아니었다는 사실에 있다. 숨어 있기는커녕 제목에 전면으로 드러나 있다! 죄와 벌! 그러니까 문제는 '죄'와 '벌'에 대한 독특한 감각에 있었던 것이다.

사람 둘을 죽였으니 앞으로 시시각각 수사망이 좁혀질 것이고 주인공은 잡힐 듯 잡힐 듯하면서 용케 빠져나가는 모습을 보게 되리라 기대한 십대의 나는 한마디로 이 책을 '범죄소설'이라 여기고 있었고, 바로 그 때문에 이 책을 아—주 이상하고 따분한 범죄소설이라 생각할 수밖에 없었다. 범인이 시종일관 어려운 말을 해대는 범죄소설. 하긴, 이 작품의 영역본은 『Crime and Punishment』라는 제목으로 번역되어 출판되고 있다. 글자 뜻 그대로 '범죄와 처벌'이다. 이 작품이 도끼 살인범의 이야기인 건 사실이다. 그러니 범죄와 처벌에 대한 이야기로 간주되는 것도 이해 못할 바는 아니다. 하지만 그러는 순간 우리는 커다란 문제와 만날 수밖에 없다. 그게 무엇인고 하니, 도끼 살인범 자신은 스스로를 결코 범죄자로 여기지 않는다는 게 그것이다. 앞으로 찬찬히 보게 될 테지만 그는 자신이 한 일을 절!대! 범죄로 여기지 않는다. "범죄라고? 이게 무슨 범죄라는 거지?" 그는 격분해 이렇게 외치기까지 한다. 아니, 미리 준비해둔 도끼로 두 명의 여자를 찍어 죽인 일이 범죄가 아니라고? 우리가 만날 주인공은 혹시 소시오패스?

이것만으로도 머리가 지끈거리는데 주인공은 여기서 한발 더 나아가 이런 말도 한다. "뭐, 내게 '죄'가 있기는 해……." 여러 가지 반응이 순식간에 쏟아질 만한 소리다. 아니, 한 입으로 두 말을 해? 범죄는 아니지만 죄는 맞다? 무슨 허튼소린가 싶겠지만 주인공은 아주 진지하다. 그는 자기 '죄' 때문에 작품 속에서 내내 심각하게 열병을 앓는다. 나는 이것이야말로 『죄와 벌』의 핵심이라고 생각한다. 죄와 범죄. 그 사이에 존재하는 어마어마한 간격. 주인공은 그것을 잘 알기에 한사코 자신이 범죄를 저질렀음을 부인하면서도 경찰서에 가서 자수를 한 뒤 유형지에서 나날을 보냈던 것이다. 범죄가 아닌데 왜 자수했는가? 이 물음에 답하기 위해 도스토옙스키를 논함에 있어 빠질 수 없는 개념에 대해 사유해야 한다. '윤리'가 그것이다.

윤리적인 개인이란 어떤 사람인가? 윤리적 삶이란 어떻게 사는 것을 뜻할까? 이타적인 삶, 사회에 선한 일을 하는 삶, 희생하는 삶…… 도스토옙스키라면 이런 답들을 '귀신 씨나락 까먹는 소리' 쯤으로 치부했을 것이다. 왜냐하면 그에게 윤리란 남을 생각하기에 앞서 자신을 생각하는 데에서 도출되는 것이기 때문이다. 윤리란 무엇인가? 그것은 타인이 아니라, 사회가 아니라, 나 자신을 위해 심사숙고하고 행동하는 것이다. 사회에 충실한 것이 아니라 나자신에게 충실한 것이다. 나의 욕망을 들여다보고, 내가 가장 고양되는 순간을 탐구하고, 그럼으로써 내가 변신할 수 있는 길을 선택하는 것, 그게 무엇보다 윤리적인 삶이다. 왜냐고? 왜 그게 방종이아니라 윤리적인 삶이냐고? 부정어법으로 대답해보련다. 남을 위해, 사회를 위해 복무하는 삶이라는 것은 도무지 윤리일 수가 없다. 왜냐하면 그것은 세계와 삶과 인간에 대한 질문과 고민을 거치지 않은 채로 다만 피상적으로 선험적 '명령'을 따르는 것일 뿐이기 때문이다. 해서, 우리가 아무리 그것을 부정한다 해도 자신의 사유의 게으름과 신체적 안온함에의 추구를 증명하는 것밖에 되지 않는다. 지금의 안락함을 위해 보지 않고 듣지 않고 묻지 않는데, 이것이 어떻게 윤리적인 삶인가? 남들이 시키는 대로 고여 있다가 어느 날 문득 세상에서 사라져버리는 삶이 어떻게 윤리적이란 말인가?

물론 규범과 법을 통해서만 유지될 수 있는 국가와 사회에서는 그것의 위반보다 큰 죄란 없다. 종교도 마찬가지다. 범죄와 이단은 개인의 비윤리성에 대한 부정할 수 없는 증거다. 자, 『죄와 벌』의 주인공이 받아들이길 거부하는 게 바로 이것이다. 내가 범죄자라고? 하지만 난 국가나 사법기관 내지 종교기관이 날 심판하게 할 생각이 추호도 없는데?!

하지만 동시에 그는 자신에게 도끼 살인과는 별개로 죄가 있다고 절감하므로 스스로에게 합당한 벌을 내리기로 결심한다는 게 이 놀라운 작품의 내용이다. '범죄'와 '처벌'은 사법기관의 관할이지만 『죄와 벌』의 주인공은 이를 거부, 사법기관을 대신해 제 스스로 자기 행위의 판관이 되어 죄를 규정하고 벌을 내리고자 한다. 그는 전통적으로 인간의 죄의 기준을 정하고 그것을 판결 내려온 두 기관에 자신을 내맡길 생각이 없다. 그러므로 자신을 '법을 어긴' 범죄자로 간주할 이유도 없다. 나는 국가가 정한 기준에 비추어 죄인인 것이 아니라, 오직 나의 고유한 윤리적 기준에 비추어 죄인이다. 나는 국가에 대해, 법에 대해 죄인인 것이 아니라, 오직 나 자신에 대해 죄인인 것이다……! 나 자신에게 충실하지 못했으므로 나는 죄인이다. 나 자신에게 떳떳하지 못하므로 죄인이다!

이상으로 나는, 십대 시절의 내게 이 책이 그토록 어렵게 느껴졌던 까닭, 그리고 성인이 되어 다시 몇 번을 거듭해 이 책을 읽으며 이를 일종의 '윤리학 개론서'라고 느끼게 된 까닭을 대략이나마 설명했다. 지금의 나는 이 책이 가장 급진적인 윤리학 책이라고, 아주 무시무시한 책이라고 생각하고 있다. 왜냐하면 여기에는 법에도, 종교에도 그리고 사회의 그 어떤 관습과 양식에도 기대지 않고 홀로 길을 걸으려는 자, 모든 것을 스스로 해석하고 선택한 뒤 그에 대한 감당도 온전히 그 자신이 지고자 하는 한 남자가 보이기 때문이다. 어디에도 기대지 않고 어떤 것의 뒤에도 숨지 않고 그저 자신을 위해, 자신의 변화를 위해, 자신의 고양을 위해 살고자 하는 남자가. 그런 이의 삶은 대개가 시행착오일 것이고 어떤 사소한 것도 그는 고군분투 끝에야 겨우 얻을 테지만, 그럼으로써 그는 인간을 둔하고 무책임하게 하는 습속들로부터 스스로를 보호하면서 자신을 강하게 키울 수 있게 된다.

플라톤주의자는 아니지만, 그래서 나는 이 작품에서 '문학'의 모델 같은 것을 본다. 왜냐하면, 내게 있어 문학이란 윤리와 떼려야 뗄 수 없는 장소이기 때문이다. 모든 문학적 주인공은 자기 이전에 선언된 것, 사회적으로 공인된 것으로부터 떠난다. 사회에서 빠져나와 모험을 감행한다. 마크 트웨인의 허클베리 핀도 그래서 내게는 몹시도 문학적인 인물이고, 셰익스피어의 햄릿도 그렇다. 그리고 실존 인물인, 고대 네팔 땅의 왕자 중 하나였던 고타마 싯다르타도. 스스로를 혼돈 속으로 밀어 넣어 열병과 착란에 빠지는 인간, 어떤 결과를 맞이할지 누구도 장담할 수 없는 변태(變態)를 겪는 인간은 언제나 문학적이고 매혹적이기 마련이다. 그렇지 않은가?

나는 이상의 내용을 기본 축으로 하여 여러분과 함께 『죄와 벌』을 독해해보려 한다. 두 사람을 죽인 뒤 착란 상태에 빠진 것처럼 보이는 한 대학생을, 저 자신을 전쟁터에 내몰아 강해지고자 한 인간으로 간주한 뒤, 그것이 어째서 윤리적인 것일 수 있는지를 요모조모 따져보고자 한다. 모쪼록 우연한 계기로 이 책을 접하게 된 분들이 한 번이라도 윤리에 대해 다시금 생각해볼 수 있는 시간이 된다면, 『죄와 벌』을 실제로 읽어보고 싶다는 욕망이 생겨버린 시간이 된다면 더 바랄 게 없겠다.

이 책은 총 5부로 이루어져 있다. 1부에서는 작품을 읽기 전 19세기 러시아, 특히 페테르부르크(지금의 상트페테르부르크)를 살펴보려 한다. 페테르부르크는 어떤 곳이었기에 한 젊은이를 환멸에 젖게 하고 마침내 일을 '결행'하게 한 것인지 생각해보는 데 도움이 되는 장이기를 바란다. 2부에서는 주인공과 대립각을 이루고 있는 인물로 분류될 수 있는 이들과 더불어 사건의 정황을 소개하고 있다. 반대로 3부에서는 주인공의 투쟁에 있어 알게 모르게 '조력자가 된 적들'을 소개하고, 아울러 인물과 사건을 그리는 도스토옙스키의 독특한 스타일 및 기법을 살펴보려 한다. 4부에서는 사건 이후 주인공이 뛰어든 싸움을 본격적으로 다루고자 했다. 자유의 문제, 죄와 벌의 전복적 의미 등 윤리적 문제가 고찰되는 것이 이 장이다. 마지막 5부에서는 작품의 '대전환'을 다룬다. 각고의 투쟁 끝에 주인공이 마침내 어떤 지대에 다다르는지를 살펴보면서 구원의 문제에 대해 생각해보고자 했다.

이제 시작이다. 지금부터 우리는 두 여자를 살해한 뒤 진땀을 빼는 한 남자를 만나게 된다. 반복하건대 이것은 그로테스크한 비극이 아니라 세계를 마침내 긍정하기까지 한 인간이 겪게 될 모험담이다.

모스크바에 있는 러시아 국립도서관 앞에는 도스토옙스키를 기리는 거대한 조형물이 있다.

1장

페테르부르크, 가난한 사람들의 세계

✝

　『소설의 이론』이라는 아주 난해하고 아름다운 문학 이론서가 있다. 국내에서도 문학 전공자들의 필독서로 꼽히는 이 책의 저자는 헝가리 출신 문예학자 게오르그 루카치. 세계대전을 겪으며 근대 서구에 깊이 절망해 있던 이십대의 젊은 학자는 유럽 대륙에 속해 있기는 하지만 지리적으로도 문화적으로도 유럽 변방에 위치한, 채 유럽화 되지 않은 유럽 국가인 러시아를 만나면서 가느다란 희망을 발견했고 바로 그 절망과 희망이 그로 하여금 『소설의 이론』을 집필하도록 만들었다고 한다.

　러시아의 문학, 특히 도스토옙스키의 작품들은 루카치에게 말할 수 없는 놀라움을 선사했다. 거기에서는 유럽 '그 너머'가 너울거리고 있었다. 거기에는 참을 수 없이 패권적이고도 왜소한 유럽을 넘어서는 지점이 있었다. 루카치는 그것을 윤리적인 것과 결부지어 이해하려 했다. ―문명사회의 인간, 말 잘 듣는 양떼들의 사회인 유럽 민주국가를 동요케 하는 사건과 인물 들이 여기 있다. 도무지 평화라고는 모르는, 평화를 바라는 것 같지도 않은, 원시적이고 신비주의적인 사람들이! 한마디로 러시아의 시공간에는 비유럽적 사건들이 도사리고 있다. 러시아의 주인공들에게서는 유럽인들에게서는 더 이상 찾아보기 힘든 무모함과 격정과 어리석음이 있다. 근대의 습속에 길들여지지 않은 자들의 땅, 그것이 도스토옙스키의 세계다.

† 진창 위의 환영(幻影)

본격적인 작품 읽기에 돌입하기 전 페테르부르크를 조망해보자. 러시아의 수도인 이곳은 유럽과 비유럽, 근대와 전근대, 희망과 절망이 중첩된 인공도시로 일종의 프랑켄슈타인과도 같다. 시베리아 유형지에서의 경험을 쓴 자전적 작품 『죽음의 집의 기록』을 제외한 도스토옙스키의 거의 모든 소설들은 페테르부르크를 배경으로 펼쳐지는데, 이는 단지 우연이거나 작가 개인의 애호에 의한 것이 아니다. 그의 작품들 안에서 페테르부르크는 서로 길이가 맞지 않는 두 다리로 절름거린다. 그것이 도스토옙스키의 눈에 비친 근대 러시아, 러시아인의 모습이다. 언젠가 그는 자신이 "러시아인이자 유럽인"이라고 말한 바 있는데, 이는 자신이 '페테르부르크인', 뼛속까지 페테르부르크인이라는 고백에 다름 아니다. 역사상 페테르부르크인은 두 개의 정체성 사이에서 진동하고 분열을 겪었던 바, 도스토옙스키의 작품 안에서 우리가 몇 번이고 되풀이해 확인하게 될 것도 그것이다.

페테르부르크에서 '페트로그라드'로, 그리고 혁명기에는 '레닌

그라드'로 개칭되었다가, 현재 다시 '상트페테르부르크'로 불리고 있는 이 도시는 사실 17세기까지만 해도 존재조차 하지 않았던 곳이다. 그러니까 그것은 도시화되기 전의 농촌조차 아니었다. 1713년 러시아의 제2수도로 공식 지정되기 전 그 땅은 한낱 늪지대에 불과했으니 말이다. 핀란드 만(灣)에 위치한 이 진창의 땅 위에 수도를 세울 결심을 하고 이를 정말로 실행에 옮겨버린 대단한 이가 바로 표트르 대제. 17세기 말부터 러시아를 통치하기 시작하면서 처음으로 러시아를 유럽 세계 안에 편입시킨 인물이다.

현재 우리가 알고 있는 러시아의 상당 부분은 18세기의 표트르 대제로부터 나왔다 해도 과언이 아니다. 이전까지만 해도 유럽 내 동양과 다를 바 없던 이 나라에 처음으로 서구식 역법(曆法)을 들여오고 군제(軍制)를 개편하고 교육기관을 늘리고 의무교육을 시작한 장본인이 그였으니까. 일부에서 말하듯 어린 시절을 외국인 주거지 근처에서 보낸 영향이 정말로 컸던 것인지는 알 수 없으나, 아무튼 서구 문화에 대한 표트르 대제의 호의와 선망은 강렬했던 것 같다. 이를 가장 잘 보여주는 유명한 사례 중 하나가 복식 개혁이다. 황제가 어느 날 갑자기 중신들을 한곳에 불러 모아서 유럽식 옷을 나눠줘 입히고 수염도 유럽식으로 깎이더니 거기 더해 유럽식 왈츠까지 가르쳤다는 다소 황당한 이야기.

이런 유럽식 개혁의 정점을 찍은 것이 수도 페테르부르크 건설이다. 이는 단지 도시 하나를 늘렸다, 새로 만들었다는 차원 이상의 사회·문화적 함의를 갖는다. "페테르부르크는 눈물과 시체 위

프랑스 화가 폴 들라로슈(Paul Delaroche)가 그린 표트르 대제(1838).

에 건설되었다."는 시인 카람진의 말은 감상적 수사가 아니라 사실의 증명이다. 전쟁으로 획득한 늪지대를 제국의 위대한 수도로 변모시키기 위해 얼마나 많은 노동력이 동원되어야 했을지 상상해보라. 늪지의 물을 빼고 헤아릴 수 없이 많은 말뚝들을 땅에 박기 위해 수많은 농노와 전쟁 포로, 수인(囚人)들이 차출되어야 했다.(더 자세한 내용을 공부하고 싶다면 니콜라스 랴자놉스키와 마크 스타인버그가 함께 쓴 『러시아의 역사』를 권한다.) 식량 부족과 수면 부족 상태에서 이들은 쉽게 과로와 질병에 무너졌다. 은유가 아니라 정말로 페테르부르크는 동원된 노동자들의 땀과 눈물, 그리고 피와 뼈 위에 세워진 도시인 셈. 황제에게 단단히 각인된 눈부신 근대의 비전, 그리고 그 덕분에 나머지 인간들이 받아야 했던 고통과 공포—이 두 개의 극이 페테르부르크를 만들었고 페테르부르크 안에 남아 있다.

러시아인들이 보기에 페테르부르크는 완연한 유럽 도시였다. 이제껏 본 적 없는 양식의 건축물이 세워지고 잘 닦인 도로들이 서로 연결되었다. 이곳은 인간의 지성과 감성에 의해 계획되고 창조된 꿈의 도시, 서구 근대문명의 총화다. 하지만 다른 유럽인들 눈에 그것은 혼종 괴물이었다. 왜냐하면 페테르부르크는 다른 유서 깊은 도시들 안에서 자연스럽게 만들어진 역사의 숨결을 마구잡이로 욱여넣어 만든 이상한 도시이기 때문이다. 르네상스도, 종교개혁도 경험하지 못한 러시아에 르네상스 문화와 바로크 문화와 로코코 문화 등등이 새겨진 유럽 양식이 한꺼번에 들어와버렸으니!

예컨대 이런 식이다. 유럽식 사원과 유럽식 궁전 사이를 유럽식으로 차려입은 귀족과 관료 들이 지나간다. 그들은 프랑스어로 인사를 나누고 영국식으로 티타임을 즐긴다……. 표트르 대제는 일종의 유럽식 연극 무대를 창조하고 싶었던 게 분명하고, 이는 확실히 달성되었다. 문제는, 그것이 정말이지 너무도 연극적이라는 데 있었다. 페테르부르크 자체가 한 편의 연극과도 같았던 것이다. 그곳은 온통 흉내 내기의 장소, 유럽이라는 이데아를 좇아 언제 붕괴될지 모를 간이 무대 위에서 펼쳐지는 하나의 거대한 환영(幻影)이었다.

인공도시 설립에 동원된 노동자들의 시신이 남아 있는 진창 위에서 사람들은 자신이 경험한 적 없는 유럽을 연기했다. 하지만 아름다운 정원과 사원은 비만 내렸다 하면 그곳이 원래 어떤 곳이었는지를 알려주려는 땅의 의도에 의해 냄새나고 끈적거리는 진창으로 뒤덮였다. 어디 있었는지 모를 진창이 비만 오면 사방에서 기어 나와 포도(鋪道)를 덮쳤던 것이다. 뿐만 아니라 이 아름다운 세트장 뒤에는 수많은 빈민촌과 싸구려 술집이 즐비했고 그 안에는 술주정뱅이와 매춘부가 빼곡했다. 꿈에 부풀어 대도시에 입성한 농민들은 그런 곳에서 남은 삶을 탕진했다.

이곳은 근대와 전근대가, 러시아와 유럽이, 동방의 정신과 서구의 문명이 공존하는 장소였다. 황홀한 이상과 비참한 운명 또한. 자유와 진보에의 꿈이 빛을 발하면 발할수록 극도의 빈곤과 세상에 대한 회의, 그리고 자포자기에 의해 페테르부르크에 드리운 콘트라스트는 한층 도드라졌다. 하지만 그게 비단 이 도시에 국한된 것

1744년의 상트페테르부르크 지도. 계획도시다운 질서정연함이 엿보인다.

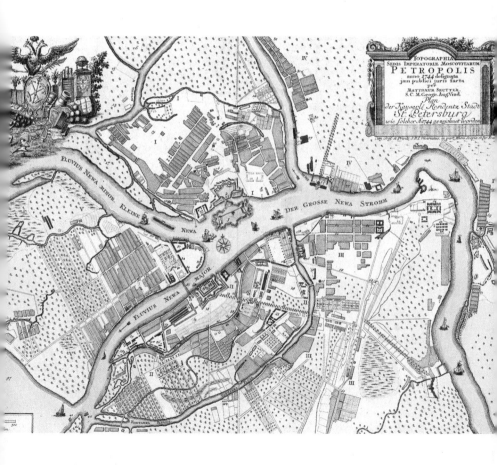

이었을까? 사실 표트르 대제의 통치기 이래로 근대 러시아 전체가 이 같은 양상을 띠고 있었던 것 아닌가?

페테르부르크, 백야의 신비로운 빛에 감싸인 도시. 이곳은 잠들지 못하는 러시아인들이 꾸는 꿈의 상징이다. 눈 뜬 채로 사람들은 환영을 향해 걷고 또 걷는다. 그들은 비참한 지상을 기어 다니는 존재이면서 동시에 밤낮으로 백일몽에 잠겨 사는 존재들이었다. 페테르부르크가 환영을 좇는 또 하나의 환영인 것처럼, 페테르부르크 사람들 또한 환영들 사이에서 밤이고 낮이고 백일몽 속에 잠겨 살았다.

† 관등제와 제복의 사회 : 내 외투를 내놔!

유럽식 장원이 딸린 저택 뒤편 허름한 하숙집들에서는 가난한 대학생과 관리 들이 몇 번이나 우려내는 바람에 이제 맹물이 된 차를 마시며 허기를 달래고, 얼키설키 만들어진 골목 사이로는 러시아의 칼바람, 그리고 급히 마차를 모는 마부들의 채찍이 행인들을 치며 지나간다. 아무리 어깨를 웅크리고 코트 깃을 여며도 배고픔과 추위는 가시지 않는다. 이것이 니콜라이 고골—도스토옙스키보다 한 세대 앞선 작가로 도스토옙스키를 비롯한 후대 작가들에게 지대한 영향을 미친 위대한 소설가의 눈에 비친 페테르부르크다.

풍자적이고도 환상적인 고골의 '페테르부르크 연작' 속 페테르부르크는 한마디로 하급관리들의 도시. 하급관리들이 '각하'의 눈치를 보고 동료들의 시선을 의식하며 하루하루를 살아내느라 버둥댄다. 도스토옙스키 소설들에서도 하급관리는 빠지지 않고 등장하는데, 이는 고골의 영향도 있겠지만 실제로 당시의 페테르부르크에 넘쳐나는 것이 하급관리였던 탓도 있다.

다시 표트르 대제에게 돌아가보자. 러시아를 근대국가로 만들고자 하는 일념으로 그는 국가를 정비하고 다스릴 통치기구를 확립했다. 물론 차르를 폐지하지는 않는다. 다만 합리적인 통치 시스템을 개발함으로써 '합리적인 전제정'을 꾀할 수는 있을 것이다. 기묘한 이야기지만 '왕이 다스리는 법치국가'를 만들겠다는 게 그의 목표였던 것. 하여 표트르 시대 사람들은 차르가 만든 도표 안에 분배되어 해당 칸 내에서 요구받는 일을 수행해야 했다. 차르가 직접 만든 수도에서 시민들은 온 시내에 울려 퍼지는 북소리에 맞춰 눈을 떴고, 계획적으로 닦인 도로를 따라 출퇴근했다. 공직자와 군인은 위계질서에 따라 정확히 업무를 수행하고 사용하는 언어도 조절해야 했다. 가령 도스토옙스키의 하급관리들이 상관을 '각하'라 칭할 때 그것은 그가 5급 관리 이상임을 의미하는 것이다. 하지만 하급관리들은 언제나 '귀하'라고 불린다.

강력한 통치기구를 꿈꾼 차르에 의해 페테르부르크는 '관등 – 인간'들로 가득한 곳이 되었고, 이를 위해 관료들을 총 14등급까지 나누어 관리하는 '관등제'가 고안되었다. 당시 관등표를 보면 국가공무를 보는 관리들은 1등급부터 14등급까지 구분되며, 장성급부터 위관급까지 나뉜다. 관리라 해도 실상 9급 이하의 하급관리가 하는 일이란 기껏해야 복사, 즉 필경(筆耕) 정도에 그치는데, 중요한 서류 및 그 초안을 정성껏 베껴 쓰는 것이 그들에게 주어진 업무의 전부다.

페테르부르크 거리는 온통 관료 제복을 걸친 사람들로 득시글했다. 그중 태반이 일용직 노동자들이 받는 품삯 수준의 봉급으로 겨우 입에 풀칠을 하는 하급관리였으며, 그나마도 자주 실직상태가 되었다. 관리라고 떠벌리고 다니기야 하지만 이들의 삶은 언제든 나락에 떨어질 준비가 되어 있었다. 고골의 「외투」 속 주인공인 아카키 아카키예비치의 삶도 그렇다. 만년 9급 관리로서 매일같이 글자를 베껴 쓰는 일을 하는 그가 소설 말미에서 사라지고 나자 그 자리는 빠르게 다른 인력으로 대체된다. 누구든 대체 가능한 일을 하는 사람들, 언제든 사라질 수 있는 사람들, 그것이 도스토옙스키와 고골의 사람들이었고 실제 페테르부르크를 차지한 많은 남성들이었다.

그러니 아카키 아카키예비치가 새 외투에 대해 그토록 애착을 갖게 된 것도 이해 못할 바가 아니다. 어깨에 걸쳐진 외투는 관등과도 같다. 얼굴이나 이름보다 한 인물의 개체성을 적극적으로 표시하는 것이 관등이고 외투다. '새' 외투를 입고 관청에 나간다. 이는 자신이 관등표상 한 칸 위로 올라간 것과 같은 자부심과 뿌듯함을 줄 터이다. 사람이 아니라 제복들이 돌아다니는 페테르부르크 안에서는 군중 속을 거닐 때 내가 입는 옷이, 아무 보는 눈 없는 집에서 입속에 집어넣을 보잘 것 없는 음식보다 중요하므로.

미래의 외투에 대한 끝없는 이상을 머릿속에 그려보며 정신적인 포
만감을 얻을 수 있었다. 이때부터 그 자신의 존재는 보다 완전해진 것
같았고, 마치 결혼한 것 같기도 하였고, 다른 사람과 함께 있는 것 같았
으며, 혼자가 아니라 일생을 함께하기로 한 마음에 맞는 유쾌한 삶의
동반자를 만난 것 같았다. 그 동반자란 다름이 아니라 두꺼운 솜과 해
지지 않는 튼튼한 안감을 댄 외투였던 것이다. 그는 웬일인지 생기가
돌았고 이제 스스로 목표를 정한 사람처럼 성격이 보다 강인해졌다.
그의 얼굴과 행동에서 보이던 불안과 우유부단함이, 언제나 망설이기
만 하던 불확실한 특징이 이제 사라졌다. 때때로 눈에서 불꽃이 보였
고, 머릿속으로는 아주 뻔뻔스럽고 대담한 생각까지 하게 되었다. (니콜
라이 고골, 조주관 옮김, 「외투」, 『뻬쩨르부르그 이야기』, 민음사, 72쪽)

애초 칙령을 도입했을 때 차르가 꾀한 건 능력이 뛰어난 관리를
고급 공무원으로 승격시키고, 능력이 떨어지거나 불성실한 관리를
도태시키는 것이었다. 하지만 결과적으로는 극심한 관료주의라는
폐단만을 낳았을 뿐, 애초 그가 목표로 한 능력 본위의 사회를 만드
는 데 이르지는 못했다. 「외투」의 작중화자가 말하는 것처럼 당시
러시아에서는 어딜 가나 "우선 관등부터 밝혀야" 했다. 공공서류에
는 이름 옆에 반드시 관등을 기입해야 했다. 또 "어느 관청이건, 어
느 연대이건, 어느 사무실이건, 하여튼 관리만큼 화를 잘 내는 사람

들도 없"었다고 할 만큼 각 지역의 관료들이 권력을 휘둘렀다.

보초에게 다가간 아카키 아카키예비치는 숨을 헐떡이며 강도를 당했는데 그것도 안 보고 뭐했느냐, 조느라고 못 본 것 아니냐며 큰 소리로 외쳤다. 보초는 아무것도 보지 못했고, 어떤 두 사람이 그를 광장 한가운데 멈춰 세우는 것을 보고 친구들인가 하고 생각했다, 그렇게 소리만 질러댈 것이 아니라 내일 파출소장을 찾아가 누가 외투를 가져갔는지 찾아달라고 하는 게 낫다고 말해주었다. 아카키 아카키예비치는 완전히 정신 나간 사람처럼 집에 돌아왔다. 별로 많지도 않은 머리털은 관자놀이와 뒤통수에 제멋대로 헝클어져 붙어 있었다. 옆구리, 가슴, 바지 할 것 없이 온통 눈투성이였다. 집주인 노파는 문을 무섭게 두드리는 소리를 듣고 서둘러 일어나 한쪽 발에만 신발을 신고 달려 나와 두려움에 가슴을 움켜쥐고서 살며시 문을 열었다. 그러나 문 앞에 서 있는 아카키 아카키예비치의 모습을 보자 뒤로 한 걸음 물러섰다. 그가 사정을 다 말했을 때, 노파는 흥분하여 손을 치며 파출소장 따위에게 가봐야 찾아주겠노라고 약속만 하고 늑장을 부리기가 일쑤이니 경찰서장을 직접 찾아가보라고 말했다. 노파 자신도 경찰서장을 알고 있다고 했는데, 사실 전에 자기 집에서 부엌일을 하던 핀란드 여자인 안나가 요즘은 서장의 집에서 아이 봐주는 일을 하고 있어 서장이 집 앞을 지나갈 때 직접 보기도 했다는 것이었다. 일요일마다 교회에 기도하러 가서 때때로 사람들을 흐뭇하게 둘러보는 것이 어느 모로 보나 좋은 사람임이 분명하다는 것이었다. 다 듣고 난 아카키 아카키예비치는 우울하게 방 안을 걸어 다녔다. 그날 밤 그가 어떻게 지냈는지는 다른 사람의 입장에 서서 생각할 줄 아는 사람이라면 누구나 짐작할 수 있을 것이다. 아침 일찍 그는 경찰서장을 찾아갔다. 그러나 서장은 아직 자고 있다고 했다. 열 시에 다시 갔더니 역시 아직 잔다고 했다가 열한 시에 찾아갔더니 서장이 집에 없다고 했다. 점심시간에 갔더니 현관에 있던 서기들이 무슨 일로 왔으며 원하는 것이 무엇이고 무슨 일이 있었는지 밝혀야 한다며 들여보내지 않았다. 마침내 아카키 아카키예비치도 난생처음 성깔을 내며, 서장을 직접 만나 말씀드려야 하는데 감히 들여보내지 않는 것은 있을 수 없는 일로서 자신은 관청에서 공무로 왔고 모두 고발해버릴 테니 두고 보라고 단호히 말했다. 이에 반해서 서기들은 아무 말도 못했고 그중 하나가 서장을 부르러 갔다. (앞의 책, 81쪽)

고골이 말하는 바는, 이 세계에서 벌어지는 모든 일이 외투를 둘러싼 싸움에 다름 아니라는 것이다. 아카키 아카키예비치만이 아니라 모두가 다른 누군가의 외투를 흘끔거리면서 흉보거나 탐한다. 표트르 대제는 잘 잡힌 규율과 법에 의해 다스려지는 국가를 꿈꾸었으나 고골이 보기에 그 안에서 사람들은 이미지에 홀린 채 살았다. 없는 것을 있다고 여기며 욕망하고 분투하고 강탈하다 끝내 죽음을 맞이했다. 하지만 결코 죽음으로 이 모든 환영의 싸움이 끝나는 게 아니라는 것이야말로 가장 큰 비극이리라. 잃어버린 새 외투 때문에 어이없이 죽어버리고 만 아카키 아카키예비치를 보라.

그는 유령이 되어서까지 외투를 찾아 밤거리를 배회한다. 페테르부르크의 사람들은 살아서는 유령으로 지내다가, 죽어서는 살았을 때처럼 이 도시에 머물면서 언제까지고 어리석음에 빠져 지내는 것이다.

† 고통의 외침과 구원의 노래

『도스또예프스끼 평전』에서 E. H. 카는 다음과 같은 흥미로운 이야기를 꺼낸다. 도스토옙스키는 동시대 작가인 투르게네프나 톨스토이와 '다른 시대'에 살았다. 후자들은 과거의 사람들, 말하자면 귀족제와 농노제에 속한 사람들이다. 하지만 도스토옙스키는 완전하게 근대적이랄 수 있는데, 이를 증명하는 것이 페테르부르크와 페테르부르크 사람들에 대한 작가의 집착에 가까운 천착에 있다. 그는 독자들이 지긋지긋하다 여길 만큼의 집요함을 가지고 페테르부르크의 하층민을 관찰한다……. 다수의 빈민을 주인공으로 삼아 그가 해낸 것은 그러나 빈민을 정치사회적 테마에 포함시키는 게 아니었다. 차라리 그는 그것을 심리적 테마에 포함시키고자 했다. 그 좋은 예가 성공적인 처녀작 『가난한 사람들』이다.

처음 『가난한 사람들』이 발표된 직후 '제2의 고골'이 나왔다며 문단이 환호했을 때 도스토옙스키는 몹시 어리둥절했다. 그것은 자신이 무엇을 썼는지 몰라서 — 대개의 작가들이 어느 정도 이렇다—이기도 하고, 무의식적으로나마 자신이 고골과 아주 다른 길 위에 있는 작가임을 알고 있기 때문이기도 했다. 도스토옙스키는 문단의 상찬에 쉽게 익숙해졌고 반면 문단은 빠르게 도스토옙스키에 대해 냉담해졌다. 평론가들은 뒤늦게 알았던 것이다, 도스토옙스키는 그런 작가가 아니다……! 평론가들의 예상과 달리 그는 사회 내에서 빈곤이 양산되는 이유를 궁금해하지 않으며, 빈곤을 구제해야 할 이유라든가 실질적 방책을 고민하지도 않았다. 도스토옙스키의 모든 소설이 다루고 있는 것은 실상 한 인간의 마음 안에서 일어나는 사건이다. 빈민굴에 사는 사람들의 삶을 그릴 때도 작가가 관심을 둔 것은 그들의 마음에서 일어나는 일들, 그들 내부에서 얼룩져 번지는 어떤 느낌과 감각이다. 한 단어로 표현하자면 '수치심' 정도가 될 그런.

사람을 움츠러들게 하고 병들게 하고 때로는 죽음으로 몰아넣는 것, 그것은 수치심이다. 예민한 정신을 지닌 도스토옙스키의 사람들은 타인의 시선과 말투 하나하나를 관찰해 그 의미를 추출해내려 애쓰며, 그에 대해 이렇게 생각하고 저렇게 생각하느라 말을 더듬고 번복하기 일쑤이고, 덕분에 생활은 언제나 실수투성이다. 가난한 자는 타인이 자신의 밑창 떨어진 구두를 어떻게 바라볼지 상상하느라 온 하루를 허비하고, 사무실에서 고개 한 번 들지 못하고 서류를 들여다보며 투명인간처럼 살기 위해 애쓴다. 혼자 있을 때도 크게 다르지 않다. 혼자 있는 그의 곁을 타인의 시선과 웃음소리와 논평이 따라다니기 때문이다. 페테르부르크의 사람들은 단

한 순간도 혼자가 아니다. 홀로 생각할 때도 보이지 않는 타인과 토론하고 타인의 시선 아래 발가벗겨지니까. 유리관 안에서 만들어진 페테르부르크가 유럽의 잣대로 자신을 평가하면서 스스로를 부정한 것과 똑같이 그 안에 거주하는 가난한 사람들도 그렇게 자신을 평가하고 부정한다. 강력한 수치심과 증오로 인해 이제 주인공은 열등감 덩어리가 될 것이고 때때로 분열증에 시달리기조차 할 것이다. 노름꾼, 술주정뱅이, 분열증 환자, 도끼 살해범…… 이들은 지독한 수치심에 시달린다. 도스토옙스키 눈에 페테르부르크는 그처럼 고통받는 영혼들이 몸을 포갠 채 꿈틀대는 장소다. 그들은 질식 직전에 이르러서도 여전히 자기 상태에 무지하거나 혹은 둔감해져 있다. 그런 상태로라도 좋으니 삶을 움켜쥐고자 한다.

이런 게 도스토옙스키의 세계라고? 작품을 읽기도 전에 숨이 턱 막힐지도 모르겠다. 하지만 이게 전부는 아니다. 도스토옙스키는 거의 매번, 자신이 만든 세계에 '천사'를 보내놓으니까. 그의 천사는 하늘에서 내려오지 않는다. 때때로 그들은 인간보다 더 비참한 모습으로 땅 위를 긴다. 지상의 고난으로부터 인간을 구원할 천상의 손길을 대신해, 도스토옙스키의 작품들에서는 '바보들'이 지상의 곳곳에서 모습을 드러낸다. 도스토옙스키의 인장(印章)이랄 수 있는 그들은 사실 러시아정교에서 오랜 전통을 자랑하는 인물상, '유로지비(юродивый)'다. 글자 그대로 영어로 옮기면 Holly Fool, 그러니까 '성스러운 바보' 정도의 의미가 된다. 소설 창작을 떠나 민담과 우화를 쓰기 시작했을 때 톨스토이가 남긴 짧은 이야기 「바보

이반」이 바로 이 같은 전통의 흐름 안에 있다. 세 형제 중 막내인 이반은 전형적인 동화 주인공. 욕심 많고 지혜는 없는 형들이 제 잇속을 챙기기 바쁠 때 그는 형들이 요구하는 족족 모든 것을 내주는 바보지만, 그 특유의 바보스러움에서 나오는 우직함이 때때로 명령에 대한 불복종이 된다. 유혹하는 악마의 목소리가 바보 이반을 파고들지 못하는 것은 그가 바보이기 때문이다. 다시 말해, 그가 사심 없고 욕심 없고 계산하지 않고 기대하지 않기 때문이다.

러시아 성자전에 등장하는 유로지비들이 이와 같다. 그들은 남루한 옷을 입고 배를 곯으면서도 쉬지 않고 노동을 하고 사람들을 위해 기도한다. 비슷한 인간을 도스토옙스키의 소설들에서 찾아볼 수 있다. 그의 세계에서 어떤 여자는 피가 섞이지 않은 가족을 위해 거리에서 몸을 팔았으며, 또 어떤 남자는 방금 살인을 마친 남자의 손을 기꺼이 잡고 그 밤을 꼬박 지켜주었다. '합리'의 잣대를 가지고서는 스스로 고난의 길을 걷는 이들을 결코 이해할 수 없을 것이다. 성자전의 성자들, 소설 속의 유로지비들을 보며 러시아인은 이성과 합리가 아니라 온몸으로 느끼는 충격과 감동 속에서 신성(神聖)을 받아들일 수 있었다. 유로지비가 어리석으면 어리석을수록 감동은 크고 깊다. 그런 행위야말로 지상에 머무는 인간을 넘어선 존재의 징표처럼 보이기 때문이다. 내 몸을 버리고, 내 기대와 집착을 버리고서 타인을 향해 과감히 존재를 열어젖힌다는 것, 이는 바보가 아니고서야 도무지 불가능한 일이다.

페테르부르크는 일종의 연옥이다. 그곳은 천상과 지옥 사이에서, 오도 가도 못하고 끼어버린 사람들이 머물게 되는 도시다. 그래서 꿈을 안고 들어왔다 다시는 빠져나가지 못하고 갇혀버린 채 술에 취해 서서히 정신이 마비되어버린 사람들의 독방처럼 보이기도 한다. 그런데 때때로 그곳에서 격렬한 흐느낌이 터질 때가 있다. 자신의 의붓딸이 처음 몸을 팔고 돌아온 날 밤, 그녀의 팔다리를 주물러주는 작은 방 안에서, 고작 창녀에 불과한 어린 소녀가 실은 자기 죄를 다 이해하고 기다려주는 성자였음을 처음 깨달은 어느 아침 유형지 안에서……. 소녀가 성자와 고스란히 포개질 수 있는 것은, 그들이 처한 고난이 곧 구원이기 때문이다. 그들은 타인의 구원을 위해 스스로 고난에 처함으로써 그 자신 또한 구원될 것이다. 그들이 애초 타인과 자신을 구분하지 않는 바보들이기 때문이다. 루카치가 도스토옙스키의 백치들이 타인의 영혼을 고스란히 읽어낸다고 지적한 것은 이 때문이다. 말하건대 러시아정교 안에서 사람들이 믿은 것은 지상 너머의 전능한 신이 아니라, 바로 곁에서 자기 몸뚱이의 상처에 아랑곳하지 않고 진창 위를 구르는 사람들의 어리석음이었다. 이 지긋지긋한 땅을 구원이 가능한 연옥으로 만들어준 것, 그것은 신도 천사도 아니고, 그저 바보들이었다.

† 『죄와 벌』이 만들어지기까지

마지막으로 도스토옙스키 이야기를 잠깐 해보자.

잦아지는 간질 발작과 병적인 도박벽의 소유자였던 도스토옙스키는 작가로서의 천재성에도 불구하고 종종 '막 사는 사람'처럼 보였을 것이다. 가계가 파탄 지경임에도 도박장에 가기 일쑤였고, 출판사와 계약을 해놓고는 지독하게 늑장을 부리다 아무것도 쓰지 못한 채 몇 달을 보내기도 했다. 또 신경증 환자처럼 보일 정도로 예민하고 쉬이 초조해서 보는 사람까지 덩달아 불안하게 만들었다. 많은 사람들이 그의 어두운 성정과 평탄치 못한 삶을 그가 쓴 작품들에 대입하길 즐겨한 것도 무리는 아니다. 그의 작품들에는 정말로 작가의 페르소나일 것 같은 이들이 부지기수로 등장한다. 『죄와 벌』도 예외가 아니다.

1865년, 비스바덴의 도박장에 체류 중이던 도스토옙스키의 하루하루는 지옥 같았을 것이다. 사랑하는 여인 수슬로바와의 관계는 끝장난 상태였으며 가지고 있던 거의 모든 돈을 룰렛으로 날려버렸다. 『죄와 벌』에 대한 최초의 아이디어가 바로 그 자리에서 태어났다고 전해진다. 가진 돈을 잃고도 비스바덴을 차마 떠나지 못했던 그가 밥이라도 먹기 위해 자기 옷가지를 들고 어느 전당포를 찾았던 그날. 이를 발전시켜 그는 드디어 〈한 범죄심리학적 보고서〉라는 제목의 플롯을 구상한다. 그가 작품의 최초 몇 장을 집필한 것도 자신을 거지로 만든 비스바덴에 홀로 머물면서였다.

『죄와 벌』이라는 제목으로 작품의 일부가 처음 발표된 건 1866년 1월의 일이다. 그는 작품의 제1회분을 잡지에 발표했고 이어 순차적으로 몇 회분을 잡지에 발표하다가 돌연 예의 그 게으름 상태에 빠져든다. 자신의 오랜 습속을 떨쳐낼 만큼 현실적인 사람도, 의지가 투철한 사람도 아니었던 탓이다. 갚아야 할 빚과 부양해야 할 사람들이 있었지만 어쩔 수 없었다. 그럴수록 그의 절망은 더욱 커졌고 말이다.

결국 도스토옙스키는 '최신 기술'의 힘을 빌려야 했는데 바로 속기술이다. 그가 구두로 문장을 불러주면 전문가가 그것을 엄청난 속도로 받아 적는다. 그렇게 해서 순식간에 『노름꾼』이 완성되었고 『죄와 벌』도 뒤이어 완성되었다. 그사이 그는 자신의 속기사에게 반해 프러포즈한 후 두 번째 결혼에도 성공했다.

그의 두 번째 아내야 그를 여러 모로 사랑스러워했겠으나 많은 경우 도스토옙스키는 다소 한심해 보이는 인간이었던 것 같다. 하지만 작가 도스토옙스키는 달랐다. 그는 평범해 보이는 인간 안의 악랄함, 스스로 비속해지고자 하는 욕망, 타인에 대한 끈덕진 갈망과 원망 등을 집요하게 파헤치는 데 있어 악마적 천재성을 발휘했다. 잔혹한 실험가였던 그는 자신의 인물들을 코너 깊숙이 몰아넣고 그들의 내면에서 어떤 목소리들이 튀어나오는지 관찰하길 즐겨했다. 겉으로는 마냥 선해 보이는 자, 지극히 평범해 보이는 자, 혹은 악의 화신처럼 보이는 자의 안에 얼마나 다채로운 욕망이, 지리멸렬한 인간성과 고귀한 사상이 공존하는지 지켜보기 위해 그는 자신이 소유한 모든 집요함과 인내심을 다 쏟아부었다.

도스토옙스키의 '위대한 장편 시대'의 신호탄인 『죄와 벌』에서 우리는 그의 진가를 확인할 수 있다. 그 세계에는 선한 인간도 악한 인간도 보이지 않는다. 강가를 걷는 그 짧은 산책 동안 시시각각 마음이 변하는, 강을 보며 떠올린 기억 하나에 눈에 보이는 풍광을 다르게 느끼고 그에 따라 조금 전의 결심을 번복하거나 강화하는, 끊임없이 변화하고 운동하는 한 존재가 있을 뿐이다. 그렇게 변화무쌍한 한 인간이 그래도 어떤 길을 기어코 가보겠다고 진땀을 흘리며 이를 악무는 모습을 보는 것은 감동적이지는 않아도 크나큰 충격을 선사할 것이 분명하다. 그것은 한 존재가 다른 존재가 되기 위해 겪어야 할 변태(變態)에 다름 아니다. 모든 변태는 기괴하고, 그래서 인상적이지 않던가. 벗어야 할 허물도 없고 찬란한 날개를 달 수도 없는 인간이 변태, 그걸 스스로 해보겠다고 나섰으니 그것만으로도 그는 주인공이 될 자격이 충분하리라. 그가 마침내 어떤 운명과 만나게 될지, 이제부터 지켜보자.

2장

죽음의 집의 기록

✝

　　　이제부터 우리가 보게 될 것은 이 진창의 도시에서 펼쳐질 음습하고 폭력적인 드라마다. 그것은 한 청년이 자신의 집, 가족, 대학, 심지어는 자기 자신마저 버리기까지의 이야기다. 고치에서 빠져나가길 원하는 모든 존재는 기왕의 것들을 향해 폭력을 휘둘러야 하는 법이니까. 소설이 시작되기 직전까지 병들어 칩거 중이던 그가 막 집을 빠져나옴과 동시에 작품이 서서히 움직이기 시작한다. 진통과 멀미의 시간이 머지않았다. 그 주인공의 이름은 라스콜리니코프 로지온 로마노비치. 주변 사람들은 친근하게 '로쟈'라고 부른다. 모친과 누이동생을 둔, 가난한 대학생 로쟈. 그가 지금 움직이기 시작했다.

† 피투성이 살인자의 탄생

　　훔쳐낸 도끼를 코트 자락 안에 숨긴 그가 이제 막 아파트 4층에 도착했다. 일전에도 찾은 적 있는 전당포가 여기 있다. 설렁을 울리자 의심 많은 노파가 살짝 문을 열고 그를 올려다본다. 이제부터 자신이 하려는 일에 스스로 당황한 청년은 주인의 허락도 받지 않고 전당포 안으로 발을 들이민다. 그러고는 전당품으로 위장한 상자를 내민다.

"담뱃갑…… 은으로 된……. 직접 봐주세요."

"은이 아닌 것 같은데? 아니 그런데 뭘 이렇게 꽁꽁……."

노파는 끈을 풀기 위해 애쓰며 빛이 들어오는 창을 향해 몸을 돌렸다. (더운 날씨임에도 창들이 모두 닫혀 있었다.) 노파는 몇 초 동안 그로부터 등을 돌린 채 그렇게 있었다. 그는 코트 단추를 풀고 도끼를 올가미에서 벗긴 뒤 그것을 옷자락 아래에서 움켜쥐었다. 양손에 힘이 하나도 없었다. 손이 점점 마비되어가는 듯했다. 도끼를 놓칠까 두려울 정도였다. 그러자 현기증이 났다.

"뭘 이렇게 꽁꽁 쌌는지 원!" 노파가 신경질적으로 내뱉으며 그에게로 몸을 돌렸다.

더는 망설일 수 없다. 그는 도끼를 완전히 빼들어 양손으로 치켜들었다. 그리고 그녀의 머리를 향해 거의 기계적으로 도끼 등을 내려쳤다. 처음에는 거의 힘을 주지 않았지만, 일단 도끼를 내려치고 나니 힘이 솟아났다.

평상시대로 노파는 머리에 아무것도 쓰지 않고 있었다. 숱이 없고 백발이 섞인 금발은 기름을 바른 뒤 쥐꼬리처럼 땋아 뿔빗에 감겨진 채 고정되어 있었다. 키가 작았으므로 도끼는 정확히 그녀의 정수리를 가격했다. 그 순간 그녀가 약하게 비명을 질렀다. 두 손을 머리 쪽으로 처드는가 싶었지만 금세 바닥에 주저앉았다. 한 손에는 아직도 전당품이 쥐어져 있었다. 그는 온 힘을 다해 도끼날을 정수리에 내리쳤다. 넘어진 컵에서 물이 쏟아지듯 피가 왈칵 쏟아져 나왔다. 그녀는 고개를 젖히고 뒤로 자빠졌다. 그는 뒤로 물러서 노파가 쓰러질 자리를 만든 뒤, 노파를 향해 몸을 기울였다. 벌써 죽어 있었다. 튀어나올 것처럼 눈을 부릅뜬 채였고, 이마와 얼굴은 일그러져 온통 주름으로 뒤덮였다.

그는 도끼를 시체 옆에 내려놓고, 손에 피를 묻히지 않기 위해 조심하면서, 그녀의 옷 주머니에 손을 넣었다. 그녀가 지난번에 열쇠를 꺼냈던 그 오른쪽 주머니다. 이제 완벽하게 이성을 되찾았다. 손은 여전히 떨렸지만. 이후에 그는 그때 자신이 얼마나 신중했는지, 옷에 피를 묻히지 않기 위해 얼마나 조심했는지를 떠올렸다. 열쇠를 꺼냈다. 전처럼 한 개의 고리에 모든 열쇠가 매달려 있다. 그는 그것을 가지고 침실로 뛰어갔다. 성상함이 있는 작은 방이었다. 다른 쪽 벽에는 청결하고 큰 침대가 있었는데, 그 위에는 비단조각으로 만든 솜이불이 깔려 있었다. 또 다른 벽에는 서랍장이 있다. 뭔가 이상했다. 서랍장 구멍에 열쇠를 꽂으려다가 열쇠 소리를 듣자마자 온몸에서 경련이 이는 듯했다. 이내 모든 것을 내팽개치고 도망가고 싶어졌다. 그 순간은 금세 지나갔다. 도망이라니 너무 늦었다. 그는 스스로를 비웃었다. 갑자기 불안한 생각이 머리를 스쳤다. 노파가 아직 살아 있고, 다시 깨어날 수도 있으리라는 게 그것이다. 열쇠와 서랍장을 내버려두고, 그는 다시 시체에게 달려가 도끼를 집어 치켜들었다. 하지만 내리치지는 않았다. 죽은 게 확실하다. 몸을 숙여 더 자세히 살펴보았더니, 두개골이 깨져서 옆으로 뒤집혀 있었다. 만져볼까 했으나 관뒀다. 모든 것이 분명하다. 쏟아진 피가 웅덩이를 이루고 있다. 그러다 노파의 목에 걸려 있는 끈을 발견했다. 잡아당겼지만 끈이 굵어 끊어지지 않았다. 피에 젖어 있기도 했다. 끈을 풀어보려 했으나 어디에 걸렸는지 잘되지 않았다. 초조해져서 그만 도끼를 휘둘러 시체와 함께 잘라버리고도 싶었지만 차마 그렇게까지는 못했다. 시체에 도끼날을 대지 않기 위해 2분 동안 끈과 씨름한 끝에, 손과 도끼를 더럽혀가며 겨우 끈을 잘라냈다. 과연 틀리지 않았다. 지갑이 있었던 것이다. 끈에는 삼나무와 동으로 된 십자가 두 개, 에나멜 성상, 그리고 작은 양가죽 지갑이 연결되어 있었다. 철로 된 테두리에 고리 장식이 달린, 기름에 찌든 지갑이다. 지갑은 불룩했다. 라스콜니코프는 그것을 열어보지도 않고 주머니에 넣은 뒤, 십자가를 노파 가슴께에 던져두고, 도끼를 든 채 다시 침실로 들어갔다. (1부)

여기가 끝이 아니다. 잠시 후 노파를 만나러 온 그녀의 의붓 여동생 리자베타도 희생자가 된다. 그는 그날 계획적으로 한 사람을 죽이고, 이어 우발적으로 또 한 사람을 죽이고 만 것이다.

노파가 쓰러져 있는 그 방에서 갑자기 사람 발소리가 들렸다. 손을 멈추고 숨을 죽였다. 하지만 주위는 고요하기만 했다. 잘못 들은 모양이었다. 그때 별안간 희미한 외침이, 아니 그보다는 낮은 신음소리가 조금씩 나다 멈춘 듯했다. 그리고 다시금 죽음과 같은 정적이 1, 2분 정도 이어졌다. 그는 트렁크 옆에서 숨을 죽이고 웅크리고 기다렸다가 벌떡 일어나 도끼를 집어 들고 침실에서 뛰쳐나갔다.

　방 한가운데 리자베타가, 손에 커다란 보따리를 든 채 마비된 듯 서서 살해당한 언니를 내려다보고 있었다. 완전히 질려 소리 지를 힘조차 없는 듯했다. 뛰쳐나온 그를 발견하곤 덜덜 떠는 그녀의 얼굴에 경련이 일었다. 손을 들며 입을 열려 했지만 목에서는 아무 소리도 나오지 않았다. 그녀는 그를 피하려는 듯 구석으로 뒷걸음질을 쳤다. 똑바로 그를 바라보고 있었지만 숨이 막히는지 여전히 아무 소리도 내지 못했다. 그는 도끼를 들고 그녀에게 달려들었다. 그녀의 입술이 일그러졌다. 그 모습이 무언가에 놀라 무서운 대상을 바라보며 울음을 터뜨릴락 말락 하려는 어린애의 모습 같았다. 워낙에 순박한 데다 구박덩이였던 가련한 리자베타는 항상 겁에 질려 있었으므로 지금도 손을 들어 얼굴을 가릴 생각조차 못하고 있었다. 도끼가 바로 눈앞에 들려져 있는데도 말이다. 그녀는 가까스로 비어 있던 왼손을 쳐들었으나 얼굴까지는 가지도 못했다. 그녀는 마치 상대를 밀치려는 것처럼 천천히 그 손을 앞으로 내밀었다. 그 순간 도끼날이 그녀의 두개골을 내리쳤다. 도끼날은 이마의 윗부분을 지나 관자놀이까지 거의 쪼개버렸다. 그녀의 몸이 풀썩 쓰러졌다. 라스콜리니코프는 당황해 그녀의 보따리를 낚아챘다가 다시 내동댕이친 뒤 현관 쪽을 향해 달려나갔다. (1부)

　총 6부로 구성된 작품 중 로쟈가 두 여성을 살해하기까지의 과정은 1부에 남김없이 묘사되어 있다. 독자는 모든 것을 보았다. 범행의 과정도, 범행 직전 빈민의 나날들도. 로쟈는 정말로 아팠다. 다른 날과 마찬가지로 '그날'도 그는 없는 식욕에 겨우 서너 번 스프를 떠먹고 다시 잠이 들었다. 그리고 평상시처럼 일어났고, 오래전부터 머릿속에 그려둔 대로 여름 외투 안에 올가미를 만들었다. 외투 속에 도끼를 걸기 위해서 반드시 필요했으니까. 그는 외투에 도끼를 숨긴 채 길을 걸었고, 나머지 정황은 위에 묘사된 대로다. 지금 이곳은 피비린내 진동하는 아파트다. 한때 가난한 사내들이 물건을 맡기기 위해 들락거리던 장소가 순식간에 두개골이 으깨진 주검으로부터 흘러나온 체액으로 뒤덮인 지옥이 되어버렸다.

하지만 결정적으로 무언가 빠져 있다. 그렇지 않은가? 범죄소설이나 추리소설 애독자라면 다음과 같은 것을 기대해봄 직하다. ─전에 무슨 일이 일어났기에 그는 그렇게 할 수밖에 없었나?

범죄자의 숨은 곡절을 남김없이 듣고 난 뒤 사건을 종합적인 측면에서 납득하는 것, 거기까지 나아갔을 때 비로소 범죄소설은 대단원의 막을 내린다. 사건의 완벽한 해결, 그것은 범죄자의 범행동기를 이해함으로써만 가능하다. 마치 원혼을 해방시켜주는 영매가 된 것처럼, 탐정 내지 수사관은 범죄자의 사연을 경청하고 이해한 뒤에야 피로 물든 세계를 깨끗하게 원상 복구할 수 있다. 프랑코 모레티가 『공포의 변증법』에서 탁월하게 분석한 대로 셜록 홈즈가 살았던 빅토리아 시대는 그런 식으로 사건을 해결하고 다시 점잖고 엄숙한 모습으로 돌아갔다. 『죄와 벌』1부에서 범죄물이 선사할 웬만한 재미를 다 만끽한 독자가 기대하게 될 것도 하나다. ─이제부터 우리는 동기를 추적하는 수사관이 되리라. 한 남자가 어느 오후

아파트에서 두 여자를 죽였다. 대체 왜 그랬을까?

† 사자(死者), 혹은 짐승의 시간을 산 자들
: 노파, 리자베타, 마르멜라도프

살인을 하는 자의 마음이란 대체 어떤 것일까? 세상에는 논리를 따른 계산과 예측만으로는 끝내 알 수 없는 것들이 많은데 살인도 그중 하나다. 누군가를 죽이고 싶어하는 마음과 누군가를 죽이고자 계획을 세울 때의 마음은 천지차이일 것이다. 우리는 하루에도 몇 번씩 누군가를 죽이고 싶다거나 죽어버렸으면 좋겠다고 생각할 수 있고 죽여버리겠다고 말할 수도 있지만, 그것이 살인을 계획하는 데로까지 가는 일은 흔치 않다. 그것은 어떤 선을 넘어버리는 일이다. 로쟈의 열병이 보여주는 바가 이것이다. 만약 한 달간 그가 어떤 생각을 하고 어떤 그림을 머릿속에 그렸는지를 우리가 고스란히 읽어낼 수 있다면 아마 우리는 미쳐버렸으리라.

음…… 그래…… 모든 일은 마음먹기에 달렸다. 인간은 겁을 먹는 순간 모든 일을 망친다……. 이것은 그야말로 공리(公理)다. 사람들이 제일 두려워하는 것이 무엇이던가? 새로운 한 걸음, 새로운 말, 이것이다……. 그건 그렇고 나는 너무 중얼대는군. 이렇게 말만 많으니 아무 것도 하지 못하는 거다. 아니야, 아무 일도 하지 못하니까 중얼거리는 거다. 이렇게 혼자 중얼대는 버릇은 한 달 동안 방구석에 처박힌 채로 있을 수도 없는 일을 생각하는 데 몰두해 있었던 바람에 생긴 거야. 그렇다면 나는 지금 왜 가고 있는 거지? 정말 그 일을 할 수 있다는 건가? 내게 그건 진지한 일인가? 무슨! 이건 공상을 통한 자위에 불과해. 장난질! 그래, 장난질이다! (1부)

'오, 말도 안 돼! 이 모든 게 너무 혐오스러워! 정말로, 정말로 내가…… 아냐, 말도 안 된다!' 그는 단호히 말한다. '그토록 무시무시한 생각이 내 머리에서 떠올랐단 말인가? 내가 그런 추악한 일을 생각해내다니! 추악하다. 더럽고, 더러워……. 이런 걸 꼬박 한 달이나…….' (1부)

열병을 앓는 로쟈—살인을 꿈꾸는 그가 누워 있는 비좁은 방 바깥에는 수많은 우리가 있다. 그러니까 비교적 상식적이고 온순한 사람들, 정확히 말하자면 누군가를 마음속으로 천 번쯤 죽였으나 결코 그것을 실행에 옮기지는 않을 사람들이. 1부에서 비중 있게 등장하는 세 인물, 노파와 리자베타, 그리고 마르멜라도프가 바로 그런 사람이다.

1부에서 로쟈를 제외하고 가장 높은 비중을 차지하는 인물은 마르멜라도프다. 그 역시 전당포 두 자매처럼 금세 죽어버리기는 하지만 독자에게 수정궁 뒤편 페테르부르크를 보여주는 역할을 톡톡히 해낸다. 술집에서 만난 초면의 로쟈에게 그는 다음과 같이 자신을 소개한다.

이게 납니다! 아시겠어요, 젊은 양반? 아내 양말짝도 바꿔 마셨다구요. 신발이 아니라요. 신발로 마시는 거야 그렇다 쳐도 이건 양말이라니까요. 마누라 양말까지 마셨다구요! 양털 목도리도 마셨고 말입니다. 전에 선물받은 것으로, 어디까지나 마누라 것입죠. 우리가 세 들어 사는 추운 집구석에서 마누라는 감기까지 걸려 기침을 해대다 이젠 글쎄 피까지 토합디다. 깨끗한 곳에서 태어나고 자란 카체리나 이바노브나인지라 집 안을 쓸고 닦고 집구석의 세 어린놈들 씻기느라 아침부터 밤까지 허리가 휩니다. 원래 가슴이 약해 폐병기가 있다는 걸 저도 모르지 않아요. 퍼마시면 퍼마실수록 더 잘 느낀답니다. 그래서 마십니다! 마시면 마실수록 고통을 느껴요. 나는 즐거움이 아니라, 비애를 찾고 있다 이겁니다⋯⋯. 고통을 배가하기 위해 퍼마신다 이 말씀입니다! (1부)

마르멜라도프는 하급관리였으나 지금은 아내의 양말과 절망마저 술로 바꿔 마셔버리는 구제불능이 되었다. 전처에게서 난 큰딸이 가족을 부양하기 위해 몸을 팔고, 폐병에 걸린 아내가 피를 토하며 청소와 빨래를 하는 동안 그는 하루하루 무너져간다. 그러니 이렇게 말하기는 쉬운 일이다. 술을 먹던 그가 어느새 술에게 먹혀버렸다고. 다른 하급관리들이 그랬듯 나락으로 떨어져 중독자가 되었다고.

하지만 정말로 그를 정복한 게 술이던가? 고통을 위해 마신다는 고백이 주정뱅이의 허튼소리가 아니라면, 그를 정복한 것은 진정

술 너머에 있는 다른 어떤 것인지도 모른다. 어쩌면 세상의 모든 중독자는 눈에 보이는 대상이 아니라 그 너머 어떤 보이지 않는 힘에 중독되는 것인지도 모른다. 그 힘의 지배하에 들어가는 것, 마르멜라도프는 그것이 주는 쾌감에 중독되어 있는 것 아닐까?

"어이, 이 우스꽝스러운 작자야!" 주인이 큰소리로 말했다. "관리라면서 일은 안 해? 어째서 펑펑 놀고 있느냐 말이야."

"젊은 양반, 왜 놀고 있느냐 물었습니까?" 마르멜라도프는 질문한 이가 라스콜리니코프이기라도 한 것처럼 그를 바라보며 말했다. "왜 일하지 않느냐? 나라고 이렇게 빈둥대는 게 어디 좋은 줄 아십니까? 한 달쯤 전 레베쟈트니코프 씨가 내 마누라를 때렸을 때도 나는 술에 절어 누워 있었습니다만, 그렇다고 그때 내 마음이 아무렇지도 않았겠습니까? 저기, 젊은 양반, 혹시…… 어…… 아무런 가망도 없이 돈을 꾸러 가본 적이 있으십니까?"

"꾸러 가본 적이야 있지만…… 가망도 없다는 건 무슨 뜻인지요?"

"그야말로 가망 없다는 거죠. 절대 꿔줄 리 없다는 걸 뻔히 아는 거예요. 선량하고 유능한 시민이 있는데, 그가 절대 돈을 꿔줄 리 없다는 걸 젊은 양반이 진작 알고 있다는 겁니다. 말씀해보세요. 그가 돈을 꿔주겠습니까? 내가 갚지 않을 게 불 보듯 뻔한데. 혹시 동정으로라도? 하지만 새로운 사상을 추구하는 레베쟈트니코프 씨는 과학이 동정을 금지하고 있어서, 정치 경제가 발달한 영국에서는 벌써 그걸 금지하고 있다던데요. 그러니 그가 어디 꿔주겠습니까? 그런데 말입니다, 꿔주지 않을 걸 알면서도, 그런데도 여전히 꾸러 간다 이 말씀입니다……."

"어째서입니까?" 라스콜리니코프가 말을 막으며 물었다.

"찾아갈 사람도, 찾아갈 장소도 없으니까! 어떤 인간이든 찾아갈 만한 곳은 있어야 하잖아요! 그게 어디든 간에 가야 할 때가 있으니까요. 내 딸이 처음으로 노란 딱지(등록된 창녀들이 소지하는 황색 신분증)를 가지고 거리로 나갔을 때, 그때도 나는 어딘가 나가야만 했지요." (1부)

"아악!" 카체리나 이바노브나가 흥분한 목소리로 외치기 시작했다. "돌아왔어, 이 도둑놈! 짐승 같은 놈! 돈 어디 있어? 주머니에 든 걸 꺼내봐! 옷도 그 제복이 아니잖아! 옷 어떻게 했어? 그리고 돈은? 말해!"

그녀가 남편의 몸을 뒤지기 시작했다. 마르멜라도프는 그녀가 뒤지기 쉽도록 양팔을 들어주었다. 한 푼도 나오지 않았다.

"돈 어디 있냐고!" 그녀가 소리쳤다. "맙소사, 다 마셔버린 거야? 트렁크에 12루블이나 있었는데?" 그녀가 발악하며 남편의 머리털을 움켜쥐고 방 안으로 끌고 가기 시작했다. 그런 그녀의 수고를 덜어주고자 마르멜라도프는 무릎을 꿇고 기기 시작했다.

"이것은 쾌감입니다! 젊은 양반! 고통이 아니라 쾌 — 가 — 암이에요!" 머리채를 잡힌 채 뒤흔들리고 이따금 마루에 이마가 박히는 와중에 그는 그렇게 외치고 있었다. 바닥에서 잠들어 있던 꼬마아이가 깨어나 울기 시작했다. 구석자리의 소년은 온몸을 떨며 비명을 지르다 누나에게 매달렸다. 이제 막 잠에서 깬 큰 딸도 나뭇잎처럼 떨고 있었다.

"다 마셨지! 그걸 다 마셔버렸어!" 불쌍한 여자가 절망적인 어조로 외쳤다. "옷도 그 옷이 아니고! 굶고 있는 애들이 있는데, 저렇게 굶고 있는! (그녀는 양손을 비비고 쥐어뜯으며 아이들을 가리켰다) 오, 이 염병할 삶! 아니 당신, 부끄럽지도 않아?" 그녀가 갑자기 라스콜리니코프에게 달려들며 말했다. "술집에서 오는 길이지? 너도 마셨지? 이 인간이랑 같이 마셨잖아! 냉큼 꺼져!" (1부)

술주정뱅이임에도 마르멜라도프는 정확히 설명한다. 그의 말에 따르면 자신의 본질은 자발적으로 고통을 향해 기어가는 것이다. 딸이 돈을 벌고 아내가 집안일을 하는 동안 그는 긴다. 양말을 팔아 술을 마시고 가망 없는 돈을 꾸러 다닌다. 왜냐하면 누구든 "찾아갈 만한 곳"이 있어야 하니까. 제아무리 벌레 같고 병신 같은 존재일지언정 살아 있는 한 무언가 해야 하고, 어딘가 가야 하는 거니까. 갈 수 있는 곳이 그런 곳밖에 없으니 어쩔 수 없는 것이다. 그는 자신이 갈 수 있는 만큼 최선을 다해서 간다.

살아 있는 존재에게 있어 일차적인 본능은 보유한 힘을 발휘하는 것이다. 치타가 초원을 맹렬히 달리고 원숭이들이 영역 다툼을 벌이는 것, 한 인간이 다른 인간을 돕거나 방해하고 지배하거나 복종하고자 하는 것, 이 모든 행위는 그 같은 본능의 표현이다. 그렇게 사용함으로써 모든 동물은 쾌감을 얻는다. 마르멜라도프처럼 고립 상태에서 깊은 무력감에 빠져 있는 자라고 해서 다르지 않다. 그 역시 힘을 사용하고자 한다. 남들 눈에 그것이 힘의 소진이고, 포기이고, 완벽한 복종처럼 보인다 해도. 아니, 정확하게 말하면 바로 그것이 마르멜라도프에게 남은 단 하나의 힘 사용법이다. 그에게 남은 가능성은 오직 하나, 스스로에게 고통을 가하는 것이다.

술을 마시면서 가책을 느끼고, 자신을 저주한다……! 바로 그것이, 그가 술에 빠져들 수밖에 없는 이유다. 그럴 수밖에 없다. 반복하지만, 사람이라면 무엇이든 해야 하고, 어디로든 가야 하니까. 살아 있는 한은! 그러므로 그게 설령 그에게 고통과 모욕감을 선사하는 것일지언정 하고야 만다. 거기에서 얻을 수 있는 모종의 기쁨 때문에. 아내에게 머리털을 잡힌 채 끌려가면서 그가 '이것은 기쁨입니다', '나의 쾌감입니다'라고 외쳤을 때 그 말은 결코 거짓이 아니었다. 그는 정말로 그 순간 쾌감을 얻는데, 왜냐하면 바로 그 자신이 아내로 하여금 고통받게 하고 머리채를 쥐어뜯게 한 장본인이라는 것, 그가 이 모든 것을 의도했다는 것, 그러므로 실은 아내가 아니라 그 자신이 자기를 욕하고 머리를 쥐어뜯고 있는 데 불과하다는 것을 잘 알기 때문이다. 그것만이 아니다. 이것 말고는 이제 어떤 일도 할 수 없는 스스로를 저주하고 한심하게 여기는 것, 자신을 얕보는 것, 이를 통해 얻는 가학적 느낌도 그에게는 소중하다. 자기 외의 누구에게도 화를 내거나 달려들 수 없는 무력한 인간에게 남은 유일한 약자는 오직 자신이 아니겠는가. 그러므로 마르멜라도프는 그런 자신에게 마음껏 잔혹해짐으로써 쾌감을 얻어야 했다.

노파를 죽일 결심을 하기 전 로쟈가 하필이면 마르멜라도프가 머무는 술집에 들어갔다는 것, 이것이 필연적인 사태를 불러오는 데 한몫 했다고 할 수 있으리라. 출구 없는 삶을 사는 남자, 그렇기에 맹목적으로 대상을 탐닉하는 남자, 그럼으로써 생명을 갉아먹고야 마는 남자, 마르멜라도프. 그러므로 이 자는 조만간 죽을 게 분명하다. 술에 취해 말굽에 채일 수도 있고, 다른 술꾼의 칼을 맞을 수도 있고, 취한 채 동사할 수도 있다. 페테르부르크에는 그런 인종이 수도 없이 많다. 전시(展示)용 도로에서 조금만 비켜나면 시궁창 같은 풍경이 펼쳐지고 그 안에서 사람들이 벌레처럼 몸을 둥글게 말고 움싯거리는 게 보인다. 오직 지금밖에 없는 사람들, 지금까지 해오던 것 말고는 할 수 있는 것도 하고 싶은 것도 없는 사람들, 마치 들판의 짐승들처럼 습관만으로 살아가는 사람들……. 로쟈가 사는 곳은 그런 곳이다. 굶주리고 더위에 지친 데다 살인에 대한 강박적 욕구로 휘청대면서 그가 걷는 거리는 이런 곳이다. 한여름의 끔찍한·무더위 속에서 주정뱅이들을 알처럼 배고 있는 선술집들은 지독한 악취를 뿜어댄다. 매일 같은 일을 반복하면서 죽지도 죽이지도 못하는 주정뱅이들은 대지 위에서 푹푹 발효된다.

전당포 노파는 그런 장소에 거미줄을 쳐놓고 사는 한 마리 암거미와도 같다. 그녀는 스스로 전당포에 갇혀 한 줌밖에 안 될 재산을 움켜쥔 채 저보다 더 비루한 이들의 전당물을 기다린다. 낡은 건물 구석구석에 거미줄을 치고서는 방문객들의 즙을 빤다. 하지만 자신이 거미인 줄조차 모른다는 점에서 그녀는 마르멜라도프보다도 형편없는 존재다. 그녀는 자신의 삶이 대체로 만족스럽다. 이 반복되는 하루하루, 변치 않는 탐닉과 쾌감이 삶을 유지할 충분한 이유가 되어주었다. 문득문득 불만과 불안이 있을지언정 대체로 삶이 만족스러우므로 그냥저냥 이대로 산다. 지금의 우리들이 대개 그런 것처럼 노파는 그래서 변화보다는 안정과 유지를 도모하는 것이다.

　"자, 무슨 일이오?" 방으로 들어서자 노파는 아까처럼 그의 얼굴을 똑바로 쳐다보기 위해 정면에 버티고 선 채 물었다.

　"전당품을 가져왔습니다, 여기 이거!" 그는 주머니에서 낡고 납작한 은시계를 꺼냈다. 시계줄은 쇠로 되어 있었고 뒷면에는 지구의가 그려진 것이었다.

　"하지만 지난 번 것도 기한이 지났다우. 그저께로 한 달이 다 되었으니까."

　"한 달치 이자를 더 드릴 테니 조금만 봐주세요."

　"자네를 봐주든 물건을 팔아치우든 그건 이제 내 마음이오."

　"이 시계는 좀 더 값이 나갈까요, 알료나 이바노브나?"

　"시시한 것들만 가져오는구먼. 값을 쳐줄 수도 없는 것들만. 지난 번 반지도 내 두 장 쳐줬지만, 사실 가게에서 새것으로 사도 한 장 반이면 충분하다우."

　"4루블 쳐주세요. 꼭 찾아갈게요. 아버지 유품인걸요. 곧 돈도 올 거고요."

　"한 장 반. 이자 제하고서."

　"1루블 반?" 청년은 외쳤다.

　"좋을 대로 하게." 노파가 시계를 돌려주며 말했다. 청년은 그것을 받아들었으나 화가 치밀어 그대로 돌아 나가고 싶어졌다. 하지만 이곳 말고 달리 갈 데도 없거니와 실은 이곳에 다른 목적이 있었음을 떠올리고 생각을 고쳐먹었다.

"그렇게 하세요!" 그는 거칠게 말했다.

노파는 열쇠를 꺼내기 위해 주머니를 뒤적거리며 커튼 뒤 다른 방으로 사라졌다. (1부)

배다른 동생 리자베타는 어떤가? 잠깐 동안 등장했다 사라지는 그녀는 그야말로 한 마리의 짐승이다. 심지어 시간에 대한 감각이 존재하지 않는 것처럼 보일 정도다. 그녀의 삶은 피부와 오장육부로 포착 가능한 '지금 이 순간'밖에 없다. 백치인 그녀는 그런 삶에 불평불만도 없이, 온갖 뜨내기의 아이를 임신하고, 언니를 비롯해 만나는 모든 사람들에게 순종한다. 그녀는 착하다. 모두가 그렇게 말한다. 착하기 때문에 남에게 해코지하지 않고 남들의 해코지를 달게 받는다. 착하기 때문에 무시받고 착취당한다. 사람들이 그녀를 두고 착하다고 할 때 그것은 결코 칭찬이 아니다. 그것은 하찮은 동정이자 짙은 혐오의 표현이다. 인간의 얼굴을 한 채 짐승처럼 사는 존재에 대한 불쾌감의 표현이자 그 불쾌감을 애써 감추기 위한 위장 화법이다. 그녀를 착하다고 함으로써 사람들은 앞으로도 부드러운 얼굴로 다가가 그녀를 착취할 것이다.

이상이 로쟈가 1부에서 만난 사람들의 면면이다. 그들은 살기 위해 아등바등한다. 마치 다리 다섯 개를 잃은 뒤에도 도망가기 위해

버둥대는 벌레처럼. 심지어 형편없는 주정뱅이 마르멜라도프조차 살기 위해 고통을 찾아다니지 않던가.

더러운 페테르부르크의 진창 위에서 꿈지럭거리는 세 위인은 결코 누군가를 죽일 수 없다. 죽이는 일, 그건 아무나 할 수 있는 게 아니다. 하지만 그건 선량함과는 아무런 상관이 없거나, 내지 선량함이란 우리가 아는 그런 것이 아니다. 욕심 많은 노파와 백치 리자베타, 술주정뱅이 마르멜라도프는 왜 사람을 안 죽이는가? 그들의 욕망이 로쟈와 다르기 때문이다. 선을 넘는 것—선을 넘음으로써 선 안쪽에 쌓아둔 것을 포기하는 것, 선을 넘는 데서 오는 일련의 문제들을 감당하는 것, 그것은 그들이 가장 바라지 않을 법한 상황이다. 남들 눈에는 하찮은 하루하루가 그들에게는 가장 소중한 재산이다. 이것을 버리는 순간 나란 존재도 사라져버릴 것만 같은 것이다.

그러니 이런 위인들 사이에서 로쟈로서는 깨닫지 않을 수 없었다. 페테르부르크는 '살아 있는 사자(死者)들'의 도시다. 이곳을 지배하는 건 짐승들의 시간이다. 그게 두 여자를 죽일 만한 이유가 되지는 못할지라도 아무튼 우리는 짐작할 수 있다. 로쟈의 정신이 견뎌낼 수 없을 만큼 추악한 형상들이, 마르멜라도프를 시작으로 솟아오르고 있는 것이다. 수없이 지나쳐간 평평한 페테르부르크 풍경에서 어느덧 몇몇 비참한 형상들이 양감을 띠고 솟아오른다. 우리가 무언가를 하거나 하지 않을 때, 그때 우리를 조종하는 것은 선험적인 선과 악이 아니라 바로 욕망이다. 나는 무엇을 하고 싶어하는가? 머물고 싶어하는가, 넘고 싶어하는가? 감당하고 싶어하는가, 피하고 싶어하는가? 로쟈는 넘고 싶어졌다.

† 양식과 상식의 세계 : 루쥔과 라주미힌

물론 반문할 수 있다. 페테르부르크는 마르멜라도프의 세계일 뿐만 아니라 동시에 선하고 상식적인 시민들의 세계이기도 하다! 모든 페테르부르크인이 중독자가 되어 한길에 주저앉아 있는 게 아니지 않은가?

그에 대한 증거로 여기 루쥔과 라주미힌을 들 수 있다. 그들은 마르멜라도프와는 전혀 다른, '상쾌한' 삶을 구가한다. 로쟈의 여동생인 두냐의 약혼자 루쥔은 번듯한 직장과 어느 정도의 재산을 가지고 있는 당당한 사내다. 천성인 것처럼 보이는 좁은 소견과 오만함 그리고 비겁함을 지닌 데다 이를 숨길 만한 능력도 없어 결국 두냐에게 보기 좋게 거절당하긴 하지만 '스펙'만으로 볼 때 그는 좋은 신랑감이고 흠 없는 시민이다.

로쟈의 대학 동기 라주미힌은 가난한 집 출신이지만 태생적으로 밝고 사려 깊은 사람인 데다 돈벌이에 대한 재능까지 타고나 조금씩 스스로를 가난으로부터 구제해가고 있다. 사실 라주미힌은 『죄와 벌』에서 거의 유일하게 등장하는, 밝고 선량하고 안정적인 시민이다. 그가 지닌 양식과 상식, 상대에 대한 호의와 세계에 대한 믿음은 우리를 안심시키고, 잠시나마 병적이고 음습한 페테르부르크를 잊게 해준다.

라주미힌은 어떤 실패에도 당황하지 않고, 어떤 어려움에도 굴하지 않는다는 점에서도 훌륭했다. 그는 지붕 위에서도 살 수 있는 사람, 지옥 같은 굶주림과 추위도 견뎌낼 사람이다. 찢어지게 가난하지만 닥치는 대로 일을 해 혼자 힘으로 살아가고 있다. 돈을 벌 수 있는 방법이 무궁무진했던 것이다. 어느 해 겨울에는 불 한 번 피우지 못하고 살기도 했는데, 그때 그는 추우면 잠이 더 잘 오기 때문에 좋다고 너스레를 떨었다. 그 역시 현재 휴학 중이지만 오랫동안 그럴 생각은 없었다. 그는 학업을 계속하기 위해 최선을 다해 생활하는 중이다. 라스콜리니코프는 4개월가량 그를 방문하지 않았으며, 그쪽에서는 라스콜리니코프의 거처조차 알지 못했다. 두어 달 전 거리에서 마주친 적이 있지만 라스콜리니코프는 얼른 고개를 돌리고 길 건너편으로 가버렸다. 라주미힌도 그를 알아보았으나 친구를 귀찮게 하고 싶지 않아 모른 척 지나갔다. (1부)

라주미힌은, 만약 다른 선택을 했다면 로쟈가 살 수도 있었을 삶을 보여준다. 당시로선 흔치 않은 대학생 신분인 데다 충분히 지적이고 재능도 있는 로쟈는 보란 듯이 번듯한 직장에 취직해 '복사기'와는 비교도 안 되는 일을 수행하는 관리가 되었을 것이다. 그랬더라면 시골집의 어머니, 그리고 단지 경제적 이유 때문에 루쥔과 결혼하려는 여동생 두냐를 도시로 데려와 보살필 수도 있었을 것이다. 하지만 그는 대학에 가기를 거부했고, 골방에 칩거한 채 한 달을 보냈고, 두 사람을 죽였다.

확실히 합리적이고 이성적인 인간이라면 하지 않을 선택이다. 그 자신조차 한 달 전까지는 꿈에도 하지 않았을 생각이다. 문제는, 그를 지배하기 시작한 이 욕망이 인간의 합리적 판단과 이성의 설득을 모조리 이겨먹었다는 데 있다. 공공의 이익, 인간의 존엄, 사법체계의 준엄함으로는, 우리들의 양식과 상식으로는 설복되지 않을 그런 힘, 그런 게 욕망이다. 한 번 불붙은 욕망이 사람을 틀어쥐고 나면 그 앞에서는 상식과 논리 등 모든 것들이 힘을 잃고 비틀대는 것이다.

그런데 라주미힌의 욕망은 양식과 상식 안에서 일어난다. 그에게도 다종다양한 욕망이 있을 것이나 대개의 경우 양식과 상식에 부합하는 욕망이 승리를 거둔다. 프로이트는 인간의 무의식은 의식이 알지 못하는 차원이라 말했지만 실상 그런 무의식이 의식과 포개지는 일이 불가능한 것은 아니다. 라주미힌 안에서 일어나는 싸움은 횟수가 거듭되는 것에 비례해 어느 정도 승패가 결정되어 있다. 우위를 점한 욕망은 점점 더 강해져 자신을 위협하는 모든 욕망을 도덕과 인간성의 이름으로 물리칠 것이다. 때때로 모든 것을 버리고 떠나고 싶어도, 남의 눈치 보지 않고 멋대로 지껄이고 싶어도 우리들이 참는 것, 그것은 우리가 이성적인 인간이어서가 아니라 우리 안에서 양식에 부합하는 욕망이 다른 어떤 것보다 강하기 때문이다.

우리가 선량하다, 교양 있다, 믿음직스럽다고 평가하는 사람들, 라주미힌은 그런 이들의 대명사다. 기존의 도덕과 규칙과 관습과 법을 해치지 않는 사람, 다중을 위험이나 혼란에 빠뜨리지 않을 사람, 안정과 평화를 유지하고 그런 한에서 발전을 도모하는 사람. 우리는 그런 이들에게 호의적이다. 어떤 일을 도모하고자 할 때도 그런 이들과 함께라면 마음이 놓인다. 처음 만난 자리에서 그런 모습을 발견한다면 일단 합격점을 줄 수 있다. 반대로 기존의 나를 훼손시킬 것 같은 사람, 나를 축소시키고 심지어 파괴할 수도 있을 것 같은 사람 앞에서 우리는 경계 태세를 취하기 마련이다.

하지만 이렇게 말해놓고 보니 로쟈는 점점 더 이해할 수 없는 존재가 되어버리는 듯하다. 어째서 어떤 인간은 자신을 안정과 평화의 길에서 비껴나게 만드는가? 기어이 자신을 파괴하는 길로 가버리는가? 일군의 학자들이 도스토옙스키의 작품에 등장하는 주요 인물군을 정신분석학적으로 분석하면서 마조히즘 개념을 가져온 건 이에 답하기 위해서였다. 하지만 로쟈에게 이 이름을 붙여줘도 되는 것인지는 의심스럽다. 아직 우리는 모르는 게 너무 많다.

일단은 이것부터 물어야겠다. 어째서 그는 라주미힌이 될 수 없었는가?

살인을 저지르기 전 어느 날 로쟈는 라주미힌을 방문하려 한다. 과외 자리 알선을 부탁하겠다는 게 방문의 목적이었다. 하지만 문득 걸음을 멈추고 그는 이렇게 묻는다. 그런데 그걸 해서 뭘 하지? 돈을 벌어 신발을 사고 옷을 사고…… 그런데 그다음에는? 내가 필요로 하는 게 정말 그것인가? 대체 라주미힌이 지금의 나를 어떻게 도울 수 있겠는가? 로쟈는 결국 발길을 돌리며 이렇게 다짐한다. '그 일'을 하고 난 뒤에 가자!

'그 일'을 끝낸 뒤 로쟈는 살인의 충격을 온몸으로 겪느라 또 한 차례 앓기 시작한다. 이때 그를 물심양면 도운 건 역시 우정과 호의로 가득한 라주미힌이었다. 하지만 로쟈는 그의 호의를 마음껏 즐길 수 없다. 심지어 어떤 호의도 거절하고 모든 관계로부터 떠날 필요를 느낀다. 상경한 어머니에게는 이렇게 말하기도 한다. "당분간 떨어져 지내는 게 낫겠어요. 나를 내버려두세요. 나는 혼자 있어야 해요. 이제야 알겠어요. 예전부터 이걸 결심했던 것 같아요. 무슨 일이 일어나든, 내가 파멸하든 아니든, 나는 혼자 있고 싶어요." 아마도 로쟈는 살인 이후에야 자신이 지금 원하는 것이 무엇인지 어렴풋이 알게 된 듯하다. 그는 떠나는 것, 홀로 될 것을 바란다. 그 끝에서 그를 기다리는 게 무엇인지는 중요하지 않다. 다만 관건은 떠난다는 행위 그 자체. 가족으로부터 떠나고 친구로부터 떠나기, 익숙한 모든 관계, 사회가 요구하는 모든 것으로부터 떠나기. 노파를 살해하고 그런 뒤 한참을 앓고 나서야 그는 이해한다. 살인이야말로 이 모든 것을 위해 통과해야 할 관문이라는 것을 말이다. 모든 살인이 그런 것은 아니지만 그의 살인은 그랬다.

어머니에게 작별을 고한 뒤 자리를 박차고 나온 로쟈를 좇아 라주미힌이 달려 나온다.

"네가 뛰어나올 거라고 생각했어." 라스콜리니코프가 말했다. "그들에게 가서 함께 있어줘……. 내일도 있어주고…… 항상 그렇게. 나도 올지도 모르고…… 그럴 수 있다면. 잘 있어!"

라스콜리니코프는 손을 내밀지도 않고 멀어져갔다.

"어디로 가는 거야? 왜 그래? 무슨 일인데 그래? 대체 이럴 수가 있는 거야?" 라주미힌이 당황한 목소리로 말했다.

라스콜리니코프가 멈춰 섰다.

"이제 끝이야. 아무것도 묻지 마. 해줄 수 있는 말도 없어……. 나한테 오지도 말고. 차라리 내가 이리로 올게……. 날 좀 내버려두고, 하지만 저 둘은…… 절대 내버려두지 말아줘. 알아듣지?"

복도가 컴컴하다. 그들은 램프 옆에 있었다. 잠시 그들은 말없이 서로를 바라보았다. 라주미힌은 평생 이 순간을 잊지 못할 것이었다. 라스콜리니코프의 타오르는 듯 날카로운 눈동자가 점점 더 강렬해져 라주미힌의 영혼을 꿰뚫고 그 속까지 다다르는 듯했다. 순간 라주미힌이 몸을 떨었다. 그들 사이에서 무언가 이상한 것이 지나갔다……. 어떤 생각이 의미심장함을 담고서. 뭔가 끔찍하고 무서운 것, 갑자기 둘 모두 이해하게 된 그런 것이……. 라주미힌의 얼굴이 사자(死者)처럼 창백해졌다.

"이제 알겠어……?" 라스콜리니코프가 일그러진 얼굴로 내뱉었다. "돌아가, 그들에게 가줘." 이렇게 말한 뒤 그는 건물 밖으로 나갔다. (4부)

대개의 성장소설 속 주인공들이 입사(入社)를 위해 몇 개의 관문을 통과하던 것과 반대로 로쟈는 떠남을 위해 관문을 통과하는 중이다. 아니, 이렇게 말하자. 그는 자신의 살인을 그렇게 만들어야 한다. 살인 전에 살인을 하고 싶다는 욕망에 지배되었던 것처럼, 살인 후에는 자신의 살인을 특정한 사건으로 만들고자 하는 욕망에 지배된다. 말하자면 그는 이제 '작가'가 된다. 행위 이후 그것에 의미를 부여하기 위해 앞뒤의 서사를 구성해야 하는 것이다.

라주미힌으로부터 멀어지는 것은 그러므로 필연적이다. 건물 안에 라주미힌과 가족들을 남겨두고, 어두운 복도에 라주미힌을 홀로 버려두고, 로쟈는 거침없이 밖으로 나간다. 거기서 무엇과 만나게 될지는 모르겠지만, 최소한 라주미힌은 아닐 것이다. 그것은 더이상 양식과 상식이 통용되지 않는 세계, 그것들이 힘을 잃고 비틀거리는 세계일 것이다.

짐승의 시간을 사는 자들은 이제 죽었고, 시민적 삶을 사는 자들은 아파트 안에 갇혀버렸다. 하지만 그 둘 중 무엇도 아닌 자의 시간이 무엇인지 아직 우리는 알지 못한다. 로쟈에게도 그것은 아직 공란이다.

✝ 죽음의 집: 우리는 수인(囚人)이고 노예다!

"찌는 듯한 7월 초 어느 저녁이다. S골목의 하숙집에 사는 한 청년이 거리로 나온다. 그러곤 어쩐지 망설이는 듯한 모습으로 K다리를 향해 걷기 시작한다."『죄와 벌』의 최초 세 문장이다. 아직까지 그는 실루엣으로만 존재한다. 이름도 없어 그저 '한 청년'으로만 불리고 있다. 이후 있을 모든 이야기는 이 '한 청년'이 이제 막 비좁은 하숙집에서 나와 거리로 발을 내딛는 것으로부터 펼쳐진다. '한 청년'의 본명이 처음 소개되는 대목은 어디인가? 아이러니컬하게도 다음 날 그의 손에 죽임당하게 될 노파 앞에서다. 그는 노파를 바라보며 이렇게 말한다. "저는 라스콜리니코프라는 대학생입니다." 아주 절묘한 구성이다. 이 구성대로라면 노파 살해는 한 이름 없는 존재에게 처음으로 이름이 부여된 사건이자 그가 갇혀 있던 방으로부터 처음으로 자유로워진 계기임이 분명하다. 하지만 다른 인간을 죽임으로써 한 인간이 자유로워질 수 있다니, 이건 너무 위험하고 불온하고 무책임한 주장이 아닌가!

이에 대해 조금 더 생각해보기 위해 도스토옙스키의 다른 작품을 참고할 필요가 있다.

『죄와 벌』을 필두로 '5대 장편' 시기에 돌입하기 얼마 전 그는 한 편의 기이한 원고를 발표한다. 소설이라고 하기도, 또 수기라고 하기도 어려운 이 책의 제목은 『죽음의 집의 기록』. 이십대 시절 정치범으로 시베리아 유형지에 보내졌던 도스토옙스키의 자전적 이야기를 담은 작품이다. 작품 안에는 죽음에 대한 짙은 공포―잔혹한 차르의 장난에 의해 도스토옙스키와 동료들이 처형 직전 가까스로 구제된 바 있다는 것은 잘 알려진 에피소드다―, 청년 도스토옙스키가 민중에 대해 지녔던 양가적 감정―민중은 두렵지만, 민중은 또 희망이다 — 을 비롯해, 육체와 정신 모든 면에서 압도적으로 강한 인간이라든가, 사서 모진 고생을 하는 기이한 인간 등 온갖 인종들에 대한 묘사가 그로테스크하고 집요한 필치로 그려지고 있다. 그런데 이런 모티프는 이후 그의 전 저작에 걸쳐 펼쳐지는바, 덕분에 『죽음의 집의 기록』은 도스토옙스키의 위대한 장편에 대한 좋은 보조 텍스트 역할을 톡톡히 해낸다. 특히 『죄와 벌』의 경우는 이 작품과 시간적 간격이 짧은 탓에 유독 깊은 공명이 존재하는 듯하다. 어쩌면 두 작품을 하나의 테마로 이어진 쌍생아로 간주할 수도 있을 텐데, 지옥/감옥에 있는 자가 느끼는 자유에 대한 갈망이 바로 그것이다.

귀족 출신인 화자는 감옥에 들어온 지 얼마 안 된 신참으로, 맞닥뜨린 모든 상황이 낯설고 두렵다. 그런 그로 하여금 자유가 정말로 박탈되었다는 것, 수인(囚人)은 결코 존중받는 인간일 수 없다는 것을 여실히 느끼게 한 것은 처음으로 간 목욕탕에서의 짧지만 강렬한 경험이었다. 그곳은 유형지 안에 있는 모든 장소 중에서도 가장 끔찍한 형벌이 내려지는 감방이었다.

목욕탕의 문을 열었을 때, 나는 지옥에 왔다고 생각했다. 한번 그려보라. 그 비좁은 방에 백 명, 최소한 80명의 사람이 들어가 있다. 〔중략〕 페트로프는 자리를 사야 한다고 나한테 설명한 뒤, 창가에 앉은 사람과 흥정을 벌이기 시작했다. 그 사람은 1코페이카에 자리를 내주고는 페트로프가 욕탕으로 쥐고 들어온 돈을 받았다. 그러고는 어둡고 지저분하고 끈끈한 습기로 쌓인 내 자리 바로 아래로 몸을 감추었다. 의자 밑에도 모든 자리가 빼곡히 차 사람들이 득시글거렸다. 조금의 틈도 없었다. 죄수들은 앉지도 못한 채 등을 구부리고서 물통의 물을 끼얹었다. 그들 사이에서 선 채로 물통을 들고 씻고 있는 자들도 있었는데 그들은 돌출된 벽처럼 보였다. 그들의 몸을 흐른 더러운 물은 그 아래 앉아 있는 사람들의 민머리 위로 떨어졌다. 계단에서도 모두가 몸을 구부리고 씻고 있었다. 그런데 사실은 씻고 있는 사람은 많지 않았다. 대부분은 물이나 비누로 씻지 않고 한증(汗蒸) 뒤 찬물을 끼얹었으며 그게 목욕의 전부였다. 선반 위의 베닉(러시아 전통 사우나에서 마사지용으로 사용하는 나뭇가지)들이 일시에 움직이고 있었다. 모두가 취한 것처럼 제 몸을 소리 나게 때리고 있었다. 증기는 계속해서 나왔다. 열기 정도가 아니라 지옥불 같은 증기였다. 바닥을 끄는 백 개의 쇠사슬소리에 맞춰 모든 것들이 소리를 질러대고 있었다. 지나가는 사람들끼리 쇠사슬이 얽히고 밑에 있는 사람의 머리에 쇠사슬이 부딪혔다. 서로 욕을 하고 잡아당겼다. 오수(汚水)가 사방에서 흘러내렸다. 죄수들은 술 취한 사람처럼 흥분 상태에 있었다. 비명을 지르고 고함도 쳤다. 욕설이 이어지고 난투극이 벌어졌다. (『죽음의 집의 기록』)

이런 곳에서 인간이 죄를 뉘우치거나 혹은 공포 때문에라도 순종적 인간으로 변모하는 일이 정말 가능할까? 지옥은 회개한 천사가 아니라 더 악랄하게 비틀린 괴물이 생산되는 곳이 아닐까? 이곳 죄수들은 과거에 저지른 살인을 자랑하고, 밖에서 하던 짓을 고스란히 반복해 서로에게 사기를 치고 거래도 한다. 술담배 밀매는 기본이고 이따금 여자도 부른다. 그렇게 할 수밖에 없다. 살아 있기 때문이다. 갇힌 자에게 가장 절실한 본능은 배를 채우거나 잠을 자는 것이 아니다. 마음먹은 어떤 행위를 해내는 것—설사 그것이 미친 짓이고 무용한 짓이라 해도 자신이 그것을 '아직도' 할 수 있음을 확인하고자 하는 욕구다. 통상적으로 사람들이 말하는 '자유'란 바로 이런 것이다. 자유! 나는 자유롭기 때문에 지금 술을 마신다. 내가 담배를 피우고 창녀를 돈으로 사는 것이 내 자유를 증명한다. 내가 알코올중독자가 될 수 있는 건 내가 자유인이기 때문이다. 자유롭게, 스스로 머리채를 잡힌 채 끌려간다! 자유롭게, 대학에 다니고 노동하고 법과 규율을 따른다!

그러니 감옥에서만큼 돈이 절실한 데가 없다는 말은 그들에게 완벽하게 진실이다. 죄수가 자신의 자유를 확인할 수 있는 방법은 단 하나다. 푼돈이나마 그것으로 싸구려 술을 반입하는 것, 담배를 피워 무는 것, 여자를 사는 것. 지옥 같은 한증막 안에서 그나마 돈을 주고 의자 위에 앉을 때, 그는 더러운 바닥에 앉아 있는 사람보다 자신이 훨씬 자유롭다고 느끼고 만족한다.

거리는 통째로 찜통 속에 들어가 있다. 숨 막히는 공기, 혼잡함, 널려 있는 석회석과 목재, 벽돌, 그리고 근교 별장으로 피신할 능력 없는 시민만이 아는 페테르부르크만의 여름 악취, 이 모든 게 엉긴 채 들러붙어서는 안 그래도 복잡한 청년의 신경을 마구 자극했다. 즐비한 선술

집의 역한 냄새, 그리고 시간과 무관하게 거리에서 출몰하는 술주정뱅이들이 눈앞의 풍경을 한층 더 참을 수 없이 불쾌하게 만들었다. 청년의 수려한 얼굴 위로 일순 혐오감이 스쳐 지나갔다. (1부)

『죄와 벌』이 시작되고 얼마 되지 않아 펼쳐지는 거리 묘사다. 청년의 눈에 페테르부르크는 더럽고 냄새 나는 찜통 속이다. 새 삶을 위해 이곳으로 날아드는 사람은 더 이상 없다. 아직까지 여기 머물러 있는 자들은 더는 갈 데가 없는 치들이다. 빠져나갈 능력을 상실했기 때문에 머물러 있는 것뿐이다. 막벌이꾼과 주정뱅이와 창녀들이 여기저기 주저앉아 있는 이곳, 청년에게는 이곳이야말로 감옥이고 지옥이다. 페테르부르크에 자유는 없다. 페테르부르크인은 남들이 하는 방식대로, 또 자신이 해왔던 대로 하며 사는 수밖에 없다. 마르멜라도프들은 그래서 술을 마시고, 전당포 노파들은 그래서 푼돈을 긁어모으기에 여념이 없다. 이곳은 감옥 바깥에 있는 감옥, 그러므로 다른 곳을 꿈꾸는 것조차 봉쇄된 곳이다.

세계가 감옥임을 깨닫는 사람은 언제나 극소수였다. 그리고 그들의 행보는 놀랍도록 일치하는 측면이 있다. 일찌감치 세계가 감옥임을 알았던 햄릿은 남들을 죽이고 그 자신까지 죽이기에 이르렀다. '죽을 것인가 살 것인가'를 고민한 끝에 죄 있는 자를 죽임으로써 자신이 살 수 있다는 것, 자신의 죽음을 무릅쓰고 그렇게 함으로써만 자신이 살 수 있다는 것을 깨달았던 것이다. 죽기 혹은 죽이기—그것이 일종의 메타포라 해도, 여기에는 중요한 함의가 있다.

자신이 수인임을 깨달아버린 자는 무언가 돌이킬 수 없는 행위를 할 수밖에 없다는 것이 그것이다. 물론 그것이 무엇이 될지는 알 수 없다. 다만, 하지 않으면 안 되는 어떤 것이 있다는 것, 그리고 그것은 대개 커다란 위험과 영원한 작별인사를 가지고 온다는 것, 그것을 하지 않는 한 언제까지고 감옥의 무거운 공기에 짓눌린 채 살아갈 수밖에 없다는 것을 알 뿐이다. 감옥 바깥을 꿈꾸는 수인은 언제나 모종의 죽음을 끌어오려 한다. 세계를 숨 막히는 감옥으로 만든 것들을 향해 칼이든 도끼든 겨눠야 하는 것이다. 바깥으로부터 부과된 법과 도덕률, 홀린 채 그것을 따르며 신음하는 사람들, 그리고 그들 중의 한 사람인 자기 자신을 죽이지 않는 한 결코 감옥의 창살을 빠져나갈 수 없기 때문이다. 누군가는 가족과 친구를 다 버리고 홀연히 자취를 감추고, 누군가는 머리를 깎은 뒤 출가를 하고, 누군가는 학교나 회사를 그만두고 기약 없는 여행을 떠난다. 그리고 누군가는, 살인자의 길을 걷는다. 드디어 이니셜이나 죄수번호가 아니라 제대로 이름 붙은 사내가 출현하는 것이다. 나는 라스콜리니코프입니다……. 살인을 결심한 후에야 그는 라스콜리니코프가 되었고, 죽음의 집 바깥으로 빠져나갈 기회를 얻는다. 물론 이 모든 것이 그도 모르게 진행되고 있는 것이지만, 아무튼 그는 자신도 모르는 사이 한 걸음 한 걸음씩 일정한 방향을 따라 이동한다.

물론 살인 행위를 곧바로 자유와 연결시키는 것은 어설프고 유치한 미화에 불과하다. 여기서 그친다면 로쟈는 죽음의 집에 사는 사람들과 한 치도 다를 바 없다. 그가 술집에서 만난 마르멜라도프에게서 친연성을 느낀 것도 그 때문일 터이다. 그러므로 우리는 그를 향해, 자유를 주창하는 그들을 향해 이렇게 항변할 수 있다. 그것은 노예의 자유가 아닌가! 어리석음에 빠진 자들이나 추구할 법한 거짓 자유, 가장 무지한 방식으로 추구되는 자유⋯⋯!

로쟈가 이런 질타에 대해 어떻게 싸우며 이기거나 지는지는 6부까지 이어지는 기나긴 여정에서 확인하자.

† 내게 이유를 묻지 말라

이즈음 여러분은 이렇게 물을지도 모르겠다. 그래 다 좋다, 그래서 로쟈가 살인을 저지른 이유는 무엇인가? 페테르부르크와 페테르부르크 사람들을 더 이상 견딜 수 없어서인가? 그곳으로부터 탈출하고자 하는 욕망이 그를 부추겼는가? 그는 모든 것에 염증을 느껴 모든 것을 버리고자 가장 극단적인 방법을 택했던가? 혹은 당장의 지긋지긋한 가난 탓인가? 가난한 고향집으로부터 학비와 생활비를 받아야 하는 현실이 수치스러워 그에 대한 분노를 무고한 여성들에게 투사했는가? 아니면 모든 인간이 어느 정도 그렇듯, 칩거해 있는 동안 점차 이성을 잃었던 건 아니었을까? 그저 그러고 싶었던 것뿐이고, 그에 제동을 걸만한 합리와 이성적 능력이 잠깐 위축되었던 것인지도 모른다! 아니, 혹시 이렇다 할 이유가 없었던 건 아닐까? 노파와 그 여동생의 그날 운세가 유독 안 좋았던 것뿐.

내 생각을 말하자면······ 난 이 모든 게 이유였을 거라 믿는다. 아래 인용한 대목을 보자.

'그런 노파 따위 아무것도 아니다!' 로쟈는 끈덕지게 생각했다. '그건 실수였다고 치자. 문제는 거기 있는 게 아니다! 노파는 하나의 병(病) 같은 것일 뿐······. 그보다, 나는 뛰어 넘고 싶었던 거잖아······. 나는 살인을 한 게 아니라 원칙을 죽인 거다! 원칙을 죽이긴 했는데 도저히 뛰어넘지 못해서 아직 이편에 있는 거지······. 죽이는 것 말고 하지 못해서. 아니 실은 그조차 제대로 못한 게 증명되었지······. 〔중략〕 아니, 삶은 내게 딱 한 번만 주어진다, 그 이상은 없어. 나는 '만인의 행복' 따위 기다릴 생각이 없다. 나 자신의 삶도 살고 싶은걸. 그게 아니면 차라리 살지 않는 편이 낫지. 그래서? 나는 '전체의 행복'을 바란다면서 주머니를 움켜쥐고, 배를 곯는 어머니를 잊을 수는 없었던 거야. '만인의 행복을 위해 벽돌을 나르면서 마음의 평화를 느낀다'라. 하하하! 어째서 거기에 나는 빠져 있는지? 딱 한 번의 인생이니, 나 역시 살고 싶단 말야······.' (3부)

공정해지고자 혹은 공정하므로 우리는 상대에게 묻는다. '왜 그랬던 거니? 나한테 다 솔직하게 말해봐. 난 이해할 준비가 되어 있어.' 우리는 눈에 보이는 게 전부가 아니라는 것을 안다. 또, 행위만으로 행위자를 판단하거나 상황을 정리해버리는 것은 독단이라고 여긴다. 때문에 늘 눈에 보이지 않는 어떤 것을 궁금해한다. 진실은 거기에 있을 것이다. 대부분의 사려 깊은 질문, 상대를 이해하고 배려하는 듯한 몸짓은 이 같은 생각에서 나온다. 여기에는 상대를 향한 어떠한 악의나 꼼수도 없다. 우리는 정말 궁금할 뿐이고, 정말로 공정하게 상황을 판단하고 싶을 뿐이다. '그러니 내게 대답해줘, 내가 파악할 수 있게 해줘!' 하지만 우리는 돌연 화를 내고 만다. 혹은 실망한 표정으로 침묵한다. '너는 나를 믿지 않는구나.' '너는 스스로를 기만하고 있구나.' 사법에서라면 이렇게 말할 것이다. '피고는 죄를 뉘우치는 기색이 없으므로……..'

역시 소통의 문제일까? 우리의 대화법에 문제가 있고, 우리의 관계에 어떤 결함이 있는 걸까? 글쎄……. 만약 이런 일로 누군가에게 실망감을 안겨주었거나 실망을 맛본 경험이 있는 사람이라면 소통과 설득을 다룬 책이 아니라 차라리 물리학 서적을 읽는 게 더 나을 것이다. 유서 깊은 서구의 철학사에서 인간은 정신 및 이성의 힘에 대한 무한 신뢰 위에서 특권적 위치에 서 있으나, 순수한 물리법칙의 세계에서 인간은 존재하는 모든 것과 똑같이 탄생, 변화, 소멸을 겪는다. 지우개, 외투, 전신주가 그런 것처럼 인간 역시 자신을 한계 짓는 많은 존재들에 둘러싸여 있고, 여러 힘들의 작용과 배치에 의해 특정하게 움직이고 반응한다. 그런 면에서 인간이란 사실 다종다양한 힘들에 의해 관통되는 '신체'—글자 그대로 'body'다. 온갖 이질적인 힘들이 서로 충돌하는 전쟁터다. 자아가 선택하고, 정신이 감수하고, 이성이 관할한다? 그것은 완벽한 오해다. 내가 달리고 말하고 웃는 이유는, 나의 신체 위에서 벌어진 한 차례 전투의 결과일 따름이다.

그러므로 당신이 나의 행동을 이해하거나 내가 당신의 행동을 이해하는 것은 애초 불가능한 일이다. 왜 아니겠는가? 사실 근본적으로 나는 나 자신의 행동조차 이해할 수 없는데 말이다. 나는 싸움에서 져버린 수많은 미세한 충동들을 미처 의식하지 못한 채 일련의 일을 하며 살아가는데 말이다. 한마디로, 나는 내 행동의 이유를 모른다!

이 같은 이야기는 매우 난처한 문제로 우리를 데리고 간다. 우리 행동에는 물론 이유가 있지만 그에 대한 책임을 주체에게 물을 수 없게 되기 때문이다. 우리의 낱낱의 행위는 다종다양한 욕망들에 의해 추동될 따름이다. 욕망의 세계에는 강함과 약함이 있을 뿐, 선과 악은 없다. 그것은 선악이나 양심을 모른다. 애초 자연계가 그러한 것처럼 말이다. 선한 양과 악한 늑대는 없다. 다만 약한 양과 강한 늑대가 있을 뿐. 문제는 여기서 시작된다. 이 구도를 인간 사회에 고스란히 적용해도 될까? 이유를 알 수 없다면 인간은 무엇을 가지고 행위를 해석하고 판단해야 하는가? 취조실과 고해소가 묻는 것은 언제나 행위의 동기인바, 사법기관과 종교기관은 이제 설 곳을 잃는 것 아닌가? 하지 않을 수도 있는데 했으므로 죄가 되고, 실로 어려운 일이건만 고귀한 선택을 했으니 선이 되는 것, 그게 사법과 종교의 논리다. 그렇게 하여 선과 악, 희생과 폭력, 유죄와 무죄 따위를 가를 수 없게 되었을 때 인간 사회는 그야말로 무법지대가 되어버리지 않을까?

살인 후 로쟈가 겪는 갈등은 그런 면에서 흥미롭다. 그는 죽인 뒤 스스로에게 묻는다. 나는 왜 죽였던가? 물론 제대로 답할 수 없다. 이유라면 그 모든 게 다 이유가 될 것이니까. 그가 하필 페테르부르크에서 살게 된 것, 하필 그 전당포에 간 것, 이러저러한 성정의 소유자로 성장한 것, 남자로 태어난 것, 인간인 것······ 이렇게 물고 늘어지다 보면 우리는 결국 인류의 진화와 빅뱅, 그리고 아직 수프 단계의 우주까지 말해야 할지도 모른다!

결국 얼마 지나지 않아 로쟈는 더 이상 그것을 궁금해하지 않게 된다. 하지만 이유를 묻지 않는다 해서 갈등이 사라지는 것은 아니다. 왜냐하면 이미 일어나버린 행위가 있기 때문이다. 그 행위의 무게가 아직 그의 몸에 그대로 남아 있기 때문이다. 행위 이후의 사건들이 그를 압박하고, 일정한 압력으로 그를 어딘가로 밀쳐대고 있기 때문이다. 더 이상 동기를 추궁하지도 않고 죄책감을 느끼지도 않지만 그럼에도 로쟈는 여전히 괴로움에 시달린다.

'젠장할!' 그는 갑작스런 분노로 인한 발작 상태 속에서 생각했다. '그래, 시작된 거다. 할망구든 새로운 삶이든 간에 다 쓸데없다! 맙소사, 너무나 추하다! 오늘 하루 얼마나 거짓말을 했고, 얼마나 비열한 짓을 한 건지! 얼마나 추잡하게, 저 일리야 페트로비치(육군 중위이자 경찰서의 부서장) 같은 작자를 향해 아첨하고 꼬리를 흔든 거냐! 됐다, 그냥 침이나 뱉어주자! 그런 놈들에게도, 그런 짓을 한 나 자신에게도! 문제는 그게 아니다! 그게 아니야!'

그는 갑자기 걸음을 멈추었다. 새롭고 뜻밖의 것이, 지극히 단순한 어떤 질문이 단박에 그를 당황케 했던 것이다.

'정말로 너의 이 모든 행위가 의식적인 것이었다면, 그러니까 우둔하게도 어쩌다 보니 그렇게 된 게 아니라 진정 확고한 목적하에 네가 그렇게 한 것이라면, 어째서 너는 지금까지 지갑을 열어보지도 않았고, 그날 무엇을 훔쳤는지 알아보려 하지도 않는가? 어째서 온갖 고통을 감수하면서까지 그런 추잡하고 하찮은 짓을 의도적으로 해버렸던가? 너는 방금 그 지갑을 물에 던지려 했다. 아직 들여다보지 않은 다른 물건들과 함께……. 도대체 이게 어찌된 일인지?'

그랬다. 정말 그랬다. 모두 맞는 말이다. 사실 그는 전부터 이를 알고 있었다. 간밤에 이것들을 물에 버리자고 생각했을 때도 어떤 흔들림 없이, 당연한 일을 하는 것처럼, 그 외의 다른 선택은 불가능한 것처럼 그렇게 결정을 내렸다. 그렇다, 다 알고 있었고, 다 기억하고 있다. 어쩌면 어제 궤 옆에 앉아서 상자들을 끄집어내던 바로 그 순간 이미 그런 결정을 내렸는지도 모른다. 아니, 사실이 그랬다……!

'병이 나서 그래.' 그는 우울하게 결론 내렸다. '내가 스스로를 학대하다 그만 자기가 무슨 짓을 하는지도 모르고 있는 거야……. 어제도, 그제도, 계속해서 스스로를 괴롭히고만 있었지……. 몸이 회복되면…… 그러면 더 이상 학대하지 않게 될 거야……. 만약 회복되지 않으면 어쩜? 오, 세상에! 이 모든 게 너무도 지겹구나……!' 그는 멈추지 않고 계속 걸었다. 어떻게 해서든 기분을 전환시키고 싶었으나 어떻게 해야 할지 알 수 없었다. 다만 한 가지 극복할 수 없는 새로운 감정이 점차적으로 강하게 그를 사로잡고 있었다. 그것은 마주치는 모든 것, 주변의 모든 것에 대한 끊임없는 혐오감, 생리적인 혐오감이었다. 집요하고 사악하고, 증오로 가득한 혐오감. 마주치는 모든 사람들이 혐오스러웠다. 그 얼굴들, 걸음들, 행동들, 모든 게 다. 누군가 그에게 말을 걸기라도 한다면 그는 그게 누구든 침을 뱉거나 물어뜯어버렸을 것이다……. (2부)

이 같은 괴로움이야말로 살인에서 로쟈가 얻은(!) 것들이다. 그것은 행인들에 대한 참을 수 없는 혐오감으로 표현되기도 하고, 밤중에 시달리는 열병으로 표현되기도, 자신에 대한 불신으로 표현되기도 한다. 행위의 이유는 여기서 아무것도 아니다. 자기가 왜 그랬는지를 안다고 해서 — 알 수도 없지만 — 이 괴로움이 사라지는 게 아닌 것이다. 단 한 가지 문제는 괴로움이 실재한다는 것, 살인 후 가장 생생하게 감각되는 것은 이 같은 일련의 괴로움들이라는 것, 그리고 이 괴로움에 어떻게 대처해야 할지 그가 알지 못한다는 데 있다. 고로 로쟈가 맞서 싸워야 할 것은 양심이나 신이 아니라 바로 이 괴로움이다. 괴로움이야말로 그의 행위가 낳은 싱싱한 생산물이고, 부정할 수 없는 효과들이다. 앞으로 6부에 이르기까지 로쟈는 이것과 싸워야 한다. 자신이 행한 것에 대한 효과들과.

이처럼 『죄와 벌』은 사건의 동기가 아니라 그것이 낳은 효과를 둘러싼 이야기다. 살인 사건이 일어난 이유보다 더 중요한 문제는 살인 사건이 일어난 뒤 어떤 욕망으로 그것을 해석하고 그것을 감당하는가에 있다. 사건을 받아들이는 태도, 하나의 사건 뒤 불거질 일련의 것들을 겪어내는 방식 등에 의해 표면적으로 동일한 사건이 전혀 다른 중량을 얻고 색채를 띨 것이다. 이렇게 하여 『죄와 벌』, 이 작품은 가장 낯설고 기괴한 것으로 거듭난다.

3장

도스토옙스키 심리학

†

　　　　　　　　니체는 도스토옙스키를 위대한 심리학자
라고 평한 바 있다. 인간 심리를 종교나 도덕의 범주에 가두지 않
고 힘들 간의 투쟁으로 이해한 것이야말로 그의 탁월함 중 하나일
것이다. 무엇이 정답인가, 무엇이 선인가. 로쟈는 그런 데에 관심이
없다. 그는 다만 어떻게 자신의 행위를 해석하고 감당할 것인가, 이
문제만을 삶의 가장 중한 문제로 여기는 것처럼 보인다. 어떻게 살
것인가 — 이것은 바로 윤리의 문제가 아니던가? 심리학에서 출발
해 윤리학까지 도달하는 이 길을, 『죄와 벌』은 우직하게 걸어간다.

† '나'는 팔레트다

　　『죄와 벌』을 비롯해 도스토옙스키가 쓴 작품들은 대부분 끝나지
않을 대화와 논쟁으로 이루어져 있다. 더 중요하게는 인물들이 도
무지 일관적이지 않다. 『가난한 사람들』의 제부쉬킨이 이를 잘 보
여준다.

오늘 관청에서 저는 겁먹은 곰 새끼처럼, 털이 다 뽑힌 참새처럼 앉아 있었습니다. 수치심으로 하마터면 타버릴 것만 같은 심정이었습니다. 전 정말이지 너무 부끄러웠습니다, 바렌카! 옷 사이로 맨 팔뚝이 보인다든지 단추가 실에 대롱대롱 매달려 흔들리는 것은 정말 무서우리만큼 부끄러운 일입니다. 오늘 바로 제 모습이 그렇게 엉망이었단 얘깁니다! 당연히 의기소침해질 수밖에요. 오, 세상에……! 스테판 카를로비치가 일 때문에 저하고 할 얘기가 있었는데, 한참 얘기를 하다가 무심코 이런 말을 툭 내뱉더군요. "에이그, 마카르 알렉세예비치. 대체 어쩌다가……!" 말을 끝까지 하지도 않았는데 저는 숨겨진 말을 짐작해버렸고, 얼굴이 그만 빨개지고 말았어요. 대머리까지 빨갛게 달아올랐다고요. 사실 뭐 그리 대수로운 일은 아니었지만, 기분이 영 개운치 않고 참기 힘든 상념들이 꼬리에 꼬리를 물고 계속되더라고요. (『가난한 사람들』)

몸에 붙은 진흙을 좀 털어내고 싶었지만, 수위인 스네기료프는 옷솔이 망가진다며 안 주더군요. '나리, 이 옷솔은 관청 물건입니다요' 하면서요. 저들이 이제는 어떻게 나오는지 아시겠죠. 저는 높으신 분들에게 발이나 문지르는 걸레보다도 못한 존재입니다. 바렌카, 제 목을 조이는 것은 사람들이에요, 그렇죠? 제 목을 조이는 것은 돈이 아니라, 일상생활에서 느껴지는 불안감, 사람들의 수근거림, 야릇한 미소, 비웃음입니다. (같은 책)

홀로 있을 때도 제부쉬킨은 낮에 회사에서 들었던 수많은 말들을 복기하고 정리하고 수렴하고 튕겨내고 비웃느라 분주하다. 그는 단 한 번도 홀로 있어본 적이 없다. 언제나 수많은 타인의 목소리와 함께하는 것이다. 그가 쓰는 모든 편지는 타인의 목소리들로 얼룩져 있다. 상대가 얼마 전에 쓴 편지 속의 문장을 어느새 자신의 것으로 흡수해 되풀이하기도 한다. 심지어 편지 수신자의 반응까지도 '미리' 듣고 답해버린다. 만약 타인이 없었다면 그는 한 문장도 쓰지 못했을 것이다. 한낮의 경험이 없이는 밤중에 기나긴 편지가 나올 수 없는 법이다.

도스토옙스키의 지극한 애독자였던 러시아의 문예비평가 미하일 바흐친이 보기에 도스토옙스키의 작품에 등장하는 인물들은 서로의 담론을 공유한다는 특성을 지녔다. 그들은 언어 조각과 사유의 조각들을 공유한, 언어라는 탯줄에 의해 느슨히 연결된 형제지간이다. 그들은 어느 틈에 서로의 언어를 배워 그것을 되풀이한다. 그러는 사이 주인공의 담론은 점점 더 비균질적이고 비일관된 방향으로 나아가는 것처럼 보인다. 이것인가, 저것인가. 이것이 옳은가, 저것이 옳은가. 이것 때문인가, 저것 때문인가. 질문은 늘어나는데 답은 묘연하기만 하다.

앞으로 보겠지만 로쟈와 포르피리, 스비드리가일로프 그리고 소냐 사이의 대결은 일연 담론 차원의 문제처럼 보인다. 로쟈는 그들의 담론에 이끌려가고 그것에 저항하고 그것을 흉내 낸다. 포르피리 앞에서 법을 넘어서는 강자의 능력에 대해 웅변하고, 스비드리가일로프에 대해 혐오감과 매혹을 동시에 느끼고, 소녀를 멀리하려는 듯 보이면서도 괴롭히기 위해 다가가는 것은 그가 변덕스러운 성격이어서가 아니다. 실제로 로쟈가 어떤 때는 스비드리가일로프가 되고 어떤 때는 소녀가 되는 것이다. 그는 라주미힌 같다가도 포르피리 같아질 것이다. 어째서냐고? '로쟈'가 출발점이 아니기 때문이다. 우리가 보는 로쟈는 어디까지나 담론들의 만남과 충돌이 빚은 일시적 풍경이다.

우리가 '주체'라고 믿는 것, 어떤 사건을 벌이고 해결하는 특정한 기준과 방식을 가진 고유한 주체라고 믿는 것에 대해『죄와 벌』은 이와 같이 반론을 제기한다. 주체? 그것은 모든 일에 대한 출발점도, 결정권자도 아니거니와 실은 수많은 담론들 사이에서 일시적으로 직조된 것에 불과하다. '내가' 말하는 것이 아니라, '말들이' 말한다. 우리가 주체라고 부르는 것, 그건 바흐친의 논의에 따르면 '말들의 집합'이다. 적어도『죄와 벌』안에서 말은 언어 주체의 소유물일 수 없다. 로쟈가 말하는 게 아니라 특정한 말이 로쟈의 뇌관을 건드려 그로 하여금 어떤 말을 하게 하고 어떤 행동을 하게끔 하는 것이다.

조금 더 자세히 보자. 로쟈가 끝내 노파 살해를 결심하게 된 데에는 타인의 말의 힘이 크다. 맨 처음 물건을 맡기기 위해 전당포에 들렀던 그날을 로쟈는 잊지 못한다. 그는 노파를 보자마자 주체할 수 없는 혐오감을 느꼈다. 그녀에게 물건을 맡기고 지폐를 받아 돌아오던 길에 평소와 달리 선술집에 들른 그는, 옆 테이블에 앉아 있는 생면부지의 대학생과 젊은 장교가 나누는 대화를 듣게 된다.

"생각해봐. 여기 어리석고, 무의미하고, 하찮고, 못됐고, 쓸모없는, 아니 모두에게 해악을 끼치는 병든 노파가 있어. 알겠어? 알아듣겠어?"

"그래, 알겠어." 장교가 잔뜩 흥분한 친구를 유심히 바라보며 말했다.

"또 들어봐. 그런데 다른 한편에는 말이야, 도움을 받지 못해 주저앉는 젊고 싱싱한 존재가 있는 거야. 그것도 도처에! 수도원에 기부할 거라는 노파의 돈으로 만들고 고칠 수 있는 수백 수천 사업이 있다고! 이를 통해 수백 수천 명의 사람들이 올바른 길로 들어설 수 있을 테고, 수십 가정이 빈곤과 파멸, 성병 병원 등으로부터 구원받을 수 있을 테지. 이 모든 게 노파의 돈으로 가능해. 그러니 노파를 죽이고 돈을 훔치는 거야. 그 돈을 위대한 사업에 쓴다는 조건으로. 어떻게 생각해? 하나의 범죄가 수천의 선한 사업으로 보상될 수 없을까? 한 명의 목숨 덕에 수천 명이 부패와 타락에서 구해지는 거야. 한 명의 목숨으로 수백 명의 목숨을 구하는 거야. 간단한 산수 문제 아닌가! 게다가 그 멍청하고 못된 폐병쟁이 노파의 삶이 사회 전체에 비해 얼마나 가치가 있지? 그녀는 머릿니나 바퀴벌레와 다를 바 없어. 아니, 그보다도 못하지. 왜냐하면 노파는 해로운 존재니까. 남의 목숨을 갉아먹고 있잖아. 요전에도 홧김에 리자베타의 손가락을 깨물어 하마터면 잘라낼 뻔했지!"

"물론, 노파는 살 가치가 없어. 하지만 그게 자연이잖아." 장교가 말했다.

"아니, 이봐, 자연을 수정하고 변화시키는 게 인간 아닌가. 그렇지 않다면 사람들은 편견 속에서 허우적대고만 있겠지. 위대한 인간도 나오지 못했겠지. 흔히 '의무'니 '양심'이니 말하는데, 물론 그에 반(反)하려는 거야 아니지만, 우리가 이를 어떻게 이해하고 있는 거지? 자, 한 가지 더 묻지."

"아니, 잠깐만, 이번에는 내가 물어야겠는데. 들어봐."

"좋아!"

"지금 그렇게 열변을 토한 자네, 자네는 자기 손으로 그 노파를 죽일 수 있겠어?"

"물론 못해! 다만 난 정의 차원에서……. 그건 내가 할 바는 아니니……."

"내 생각에는 만일 자네가 그걸 해낼 수 없는 이상 여기에는 정의든 뭐든 있을 수 없어! 자, 가서 게임이나 한 판 더 하자." (1부)

지금 이 대학생의 주장은 로쟈가 자신의 논문에서 쓴 이야기, 포르피리의 앞에서 열광적으로 한 이야기, 그리고 가까운 미래에 소냐 앞에서 하게 될 이야기이기도 하다. 혹시 로쟈의 운명은 바로 그 순간 결정된 것일까? 이에 대해 이렇게 반박할 수 있으리라. 하나의 생각에 골몰한 이에게는 세상 어떤 이야기나 노래도 그와 연관된 것처럼 들리는 법이다. 실제로 아무리 자주 이야기해도 그에 대해 무지하거나 무관심하다면 그 말을 들었다는 기억조차 하지 못하는 일이 부지기수가 아니던가. 로쟈에게 일어난 일은 신비로운 운명의 작용이 아니라 일상적인 현상에 불과하다. 그는 그때 이미 그것을 바라고 있었을 뿐이다.

다음의 말을 덧붙여야 보다 정확한 이야기가 될 것 같다. 노파를 죽이기를 욕망하는 것은 우리의 관념 속에 존재하는 '그 자아'가 아니다. 그것은 아직 의식 위로 올라오지 않은 어떤 미세한 충동, 로쟈 자신도 채 의식하지 못한 힘들에 불과했을 터이다. 하지만 다른 것과의 접속을 통해 그것은 시시각각 커질 수 있었으리라. 로쟈에 접속하는 다른 힘들, 도스예프스키는 그것을 목소리로 형상화한다. 타인의 대화, 얼굴을 분간할 수 없는 거리의 행인들이 암시처럼 남기고 간 짧은 말들, 어떤 웃음소리……

마치 고대 그리스 비극의 합창단처럼, 작용을 전달하는 매질(媒質)처럼, 『죄와 벌』에는 아직 뜻은 알 수 없으나 의미심장하게 느껴지는 대사들, 반복되는 대사들이 출몰하곤 한다. 선술집에서 엿들은 대학생의 이야기는 로쟈가 이전에 쓴 논문에도 등장하고 포르피리와의 대화에도 등장한다. 이 세계는 인격적 주체가 아니라 말들이 활개 치는 장소다. 로쟈에게 속삭이는 말, 그를 부추기는 말들, 혹은 그를 겁주는 말들이 사방에 포진해 있는 것이다. 로쟈를 지배한 욕망은 그 말들에 의해 부추겨진다. 동시에 욕망에 의해 특정 말들이 확성기를 타고 날아들기도 하고 말이다. 어찌되었든 담론과 욕망은 서로를 자극하며 생산되느라 분주하다.

'나'란 무엇인가? 그것은 말의 주인이 아니라, 조각조각의 말들이 만들어낸, 움직이는 모자이크화다. 타인의 담론들이 끊임없이 추가되고 한데 섞이는 팔레트다. 여기 있는 나는 당신의 말들로 만들어진다. 찌르고 간질이고 부추기는 말들 한가운데에서 위태롭게 꼴을 유지하고 있는 것, 그게 우리다.

† 스스로 시험대에 오르는 자들

'갈 것인가, 말 것인가.' 라스콜리니코프는 사거리 한가운데 선 채로, 마치 누군가의 답을 기다리기라도 하는 듯 주위를 둘러보며 생각했다. 어디서도 응답은 오지 않았다. 그의 발이 딛고 있는 돌처럼 모든 것이 죽어 있는 듯했다. 그에게만은 모든 것이. (2부)

서사를 해체하고 언어를 실험하는 포스트모던 계열 작품이 아닌 한, 대개의 소설은 문제 앞에 선 인간을 다룬다. 아무리 관념적이고 철학적인 소설이라도 거기에는 특정한 문제가 있고 이를 특정하게 받아들이는 인간이 있기 마련이다. 약혼자가 있는 소녀를 사랑한 탓에 죽음을 동경하게 된 청년, 빵을 훔친 죄로 20여 년을 감옥에 살아야 했던 남자, 혼외자를 사랑하면서 새로이 생명력을 느끼게 된 유부녀 등. 이들을 기다리는 것은 고수해온 세계관과 행동방식으로는 해석도 해결도 안 될 일, 그것을 겪는 사이 필연적으로 존재의 변형을 불러올 그런 일이다. 하여 지금 이 사건이 어떤 면에서 지난 삶의 안정감과 평온을 깨뜨리는지, 이를 주인공이 어떻게 해석하고 해결하거나 모면하려는지, 이것이 소설의 관전 포인트가 된다.

도스토옙스키의 주인공들 역시 문제 앞에 서 있다. 어떤 이는 가난 때문에 사랑하는 이를 잃고(『가난한 사람들』), 어떤 이는 도플갱어에게 쫓기고(『분신』), 어떤 이는 노름에 중독되어 있다(『노름꾼』). 그런데 이상의 중단편들을 통과한 뒤 발표한 후기작들에서는 양상이 달라진다. 물론 여기서도 주인공들은 문제 상황에 봉착해 있다. 하지만 상황도 인물도 어딘지 모르게 더 끔찍하고 낯설어졌다. 그들이 가난뱅이나 정신병자가 아니라 살인자라서일까? 아니다. 여기서 문제는 살인 자체가 아니라 살인을 행하는 이조차 이 살인의 이유를 스스로에게 납득시킬 수 없다는 점, 그럼에도 이를 꼭 해야 한다고 믿는다는 점, 그래서 끝내 행하고, 그런 뒤에는 어김없이 보다 괴롭고 힘겨운 싸움을 시작한다는 점, 고통에 진저리 치면서도 한사코 그 길에서 벗어나려 하지 않는다는 점에 있다.

하지 않을 수도 있었을 일, 남들이 보기에는 불필요해 보이는 일, 뒤이어 닥칠 문제들이 손에 잡힐 듯 확실한 그런 일들을, 도스토옙스키의 인간들은 기어이 하고 만다. 그토록 괴로워하면서도! 하지만 살인 후 그들을 괴롭히는 것은 그가 여전히 살인의 이유를 몰라서가 아니다. 그는 더 이상 그것에 관심을 두지 않는다. 물론 이것도 놀라운 일이다. 자신의 범행과 피해자에 대한 그 지극한 무관심도. 하지만 그의 관심을 끄는 게 무엇인지 알게 된다면 이 정도 놀라움은 아무것도 아닐 것이다. 로쟈, 스타브로긴(『악령』), 그리고 이반 카라마조프(『카라마조프가의 형제들』) 등이 궁금해한 것, 그것은 이 사건으로 자신이 어떻게 변할 것인가뿐이었던 게다. 이 사건이 나를 어떻게 뒤흔들고 잡아 찢고 뒤집어놓을 것인지, 이 사건이 내게 어떤 고난과 쾌감을 줄 것인지, 그것이 그런 사건이 되도록 하기 위해 사건이 던지는 문제들에 나 자신 어떻게 응수할 것인지!

도스토옙스키의 소설이 기괴해 보이는 것은 이 때문이다. 도스토옙스키의 인간들은 스스로 문제를 만든 뒤 그 문제 속으로 뛰어든다. 마치 뛰어들어 온갖 고초를 겪을 사람이 자신이 아니라 실험실의 모르모트인 것처럼 태연하고도 냉정하게.

『죄와 벌』을 집필한 뒤 5년이 지나 도스토옙스키가 착수한 가장 기괴하고 난해한 소설 『악령』의 주인공 스타브로긴이 이를 잘 보여준다. 작중화자 안톤은 그와의 첫 만남에서 "그의 얼굴은 가면을 닮은 데가 있다."고 말하는데, 정말이지 그렇다. 스타브로긴은 수많은 가면을 바꿔 쓰며 살아간다. 그는 무정부주의자가 되어보고 혁명론자가 되어보고 카사노바가 되어보고 강간범이 되어보고 살인자가 되어본다. 점잖은 어른의 코를 잡아당기는 무뢰한이 되었다가, 지성과 합리로 무장한 논객이 되기도 한다. 그런 그를 보고 있노라면 그가 자신에 대해 갖는 감정은 호기심 외에 없을 것이라는 확신까지 생길 지경이다. 그는 자신의 보존과 보호에 대해선 폭력적이다 싶게 무관심하다. 상식과 양식을 모르는 그의 행동들에 사람들이 혀를 차며 패륜이고 죄악이라 말하는 것도 무리는 아니다.

도스토옙스키는 자신이 창조한 인물이 얼마나 위험한 존재인지 누구보다 잘 알았고, 그런 만큼 강하게 매료된 듯하다. 스타브로긴은 '허무주의'라는 이름의 악령에 씐 존재다. 이 세계에서는 무엇이든 허용되고, 인간은 힘만 있다면 무엇이든 할 수 있다―이 같은 사상이 그를 가장 불가해하고 매혹적인 인간으로 만들었다. 스타브로긴이야말로, 인간에게는 '맨 얼굴'이라 할 만한 게 달리 없다는 것, 우리는 매번 새로 쓴 가면들에 불과할 뿐이라는 것을 잘 이해한 인간이다. 유럽발(發) 허무주의 철학을 극도로 혐오한 것이 분명하지만, 도스토옙스키는 자신의 피조물이 갖는 강력한 매력을 부정할 수 없었다.

새로운 시험을 찾아 돌아다니는 긴긴 걸음 끝에 스타브로긴은 스스로 목숨을 끊는데, 그것은 당연한 결과처럼 보인다. 등장인물 중 하나인 렘브케의 말처럼 불타오르는 모든 것은 막바지에 이르러 부정(不定)으로 귀결되기 십상이니까. 더 이상 시험할 것을 찾지 못했을 때, 동력을 잃어버렸다고 느낄 때, 그때 인간이 할 수 있는 마지막 선택은 시험자를 죽이는 것이다. 그것이 그의 최후의 시험이 될 것이다.

나는 할 수 있는 한 내 힘을 시험했습니다. 당신은 자신을 알기 위해 필요하다며 이를 권했었지요. 나를 알고, 또 남에게 보이기 위한 이 시험을 통해 내 힘은 평생에 걸쳐 무한함이 증명되었습니다. 〔중략〕 나는 예나 지금이나 그 누구도 탓하지 않습니다. 나는 크나큰 방탕함을 시험했고 그 안에서 내 힘을 완벽하게 소모했습니다. 〔중략〕 내게선 소량의 관대함도, 한 방울의 힘도 없이, 오직 부정만이 흘러나왔습니다. 아니오, 부정조차 아닙니다. 모든 것들이 한결같이 시시하고 미약하기만 합니다. 관대한 키릴로프는 관념을 견뎌내지 못해 자살했지요. 나는 그가 건강한 판단력을 갖추지 못해 관대했다는 것을 잘 압니다. 그런데 나는 절대로 판단력을 잃을 수 없고 키릴로프처럼 관념을 믿을 수도, 또 몰두할 수도 없습니다. 그러니 절대로, 자살할 수가 없습니다! 나는 내가 자살해야 한다는 것, 벌레 같은 나를 대지에서 제거해야 한다는 걸 잘 알지만, 그러나 자살이 두렵군요. 왜냐하면 관대함을 보이는 게 두려우니까. (『악령』)

'시험'이라는 단어는 『죄와 벌』에서도 심심찮게 등장한다. 특히 로쟈가 이 단어를 발음할 때면 도스토옙스키는 이탤릭체로 이를 강조하기도 한다. 스타브로긴이 그랬던 것처럼 로쟈 역시 시험을 치르는 중이다. 주목해야 할 건 시험지를 만든 장본인이 바로 로쟈 자신이라는 사실이다. 그는 스스로 만든 시험대에 올라가 끊임없이 묻는다. "도대체 나는 어떻게 된 거지?" "지금 내가 왜 이러지?" "정말 하려는가?" "감당할 수 있겠는가?" "왜 주저하나?" 마치 자신 안에 수많은 질문자가 있는 것처럼, 몸속 깊은 곳에서 히드라의 머리가 꿈틀대는 것처럼.

살인을 마친 다음 날, 로쟈는 경찰서로부터 소환장을 받는다. 살인과는 무관한 이유에서였음이 곧 밝혀지지만 겁에 질린 로쟈의 정신은 즉각적으로 괴로움에 휩싸이고 만다.

'대체 무슨 일이지? 경찰서에서 보자고 할 만한 일이 뭐가 있다고! 게다가 왜 하필 오늘?' 그는 의혹에 싸여 생각했다. '주여, 제발 모든 일이 끝장날 수 있게 해주소서!' 그는 무릎을 꿇고 기도하려다 그만 웃어버렸다. 기도 때문이 아니라 자신이 보인 우스꽝스러움 때문이었다. 그는 서둘러 옷가지를 걸쳤다. '망할 테면 망해라, 어차피 다 마찬가지다! 이 양말도 신어버리겠다!' 그는 생각했다. '먼지에 더럽혀지면 어제 묻은 피도 없어지겠지!' 하지만 막상 신고 보니 구역질과 공포가 밀려와 당장 벗어 내팽개칠 수밖에 없었다. 하지만 그것 대신 신을 양말이 없음을 깨닫고 다시 주워 신기 시작했다. 그는 또 웃었다. '모든 것은 조건적이고 상대적이다. 모두 형식일 뿐이다.' 그는 그렇게 생각하면서도 몸을 덜덜 떨고 있었다. '봐, 이렇게 신었잖아! 신고야 말았어!' 순식간에 웃음이 절망으로 떨어졌다. '아니다, 감당할 수 없다⋯⋯.' 그는 생각했다. 다리가 후들거리고 있었다. '역시 무서운 거다.' 그는 중얼거렸다. 머리가 펄펄 끓고 뱅글뱅글 돌고 있었다. (2부)

이처럼 사소한 행동들마저 그는 시험으로 만들어버린다. 모든 심상한 말과 눈빛, 행동들이 자신에 대한 시험으로 변하고, 모든 상황은 해독을 기다리는 기호가 된다. 그 앞에서 어떤 태도를 취하느냐, 이 하나로 모든 상황이 바뀌어버릴 수 있는 것이다. 게다가 문제는 이 시험이 특정한 정답을 예비하고 있지 않다는 데 있다. 로쟈는 회색의 언어들로 채워진 시험지 위가 아니라 삶의 지평에 서 있으니까. 이곳은 예측 불가한 사람들의 말과 해석과 마음 들이 운동하는 곳이다. 로쟈는 제 마음조차 모르는 주제에 이 시험에 뛰어들어 대결해보려는 것이다.

　'됐다!' 그는 단호하고 의기양양하게 말했다. '신기루는 꺼져라. 괜한 공포나 환영도 다 꺼져버려라……! 내게는 삶이 있다! 나는 지금 살아 있지 않은가? 그 할망구와 함께 내 삶까지 죽어버린 것이 아니다! 할머니, 당신은 천당에서 평안하시길. 노파도 좀 쉬셔야지. 이성과 빛의 왕국이 도래했다. 어디 한번 해보자. 한번 겨뤄보자!' 그는 보이지 않는 힘에 도전하듯 오만하게 덧붙였다. '나는 1아르신〔미터법 시행 전 러시아의 길이 단위로, 71.12cm. 여기선 감옥의 독방을 뜻함〕도 안 되는 방에서 살 각오조차 했던 몸이야!'

　'몸에는 힘이 없지만…… 그래도 병은 다 나은 것 같아. 아까 밖으로 나올 때부터 병이 나아간다는 걸 느꼈어. 여기서 포친코프의 집은 아주 가깝지. 어쨌든 라주미힌을 찾아가야 한다. 내기에서 이기게 해주자. 그걸로 기뻐하라고 해. 아무려면 어떤가 말야. 힘, 힘이 필요해. 힘이 없다면 아무것도 할 수 없어. 힘은 힘으로 얻어야 한다. 헌데 사람들은 이걸 모른단 말이지.' 그는 오만하고 자신만만하게 말하고는 간신히 발을 떼어 다리를 떠났다.

　그의 오만함과 자신감이 내면에서 시시각각 커졌다. 그래서 바로 다음 순간 그는 예전의 그가 아니게 되어버렸다. 대체 무슨 특별한 일이 그에게 일어난 것일까? 그도 알 수 없었다. 지푸라기라도 붙드는 심정으로 갑자기 '살 수 있다. 아직 삶이 있다. 할망구와 함께 내 삶까지 죽은 건 아니다'라고 생각했던 것이다. 너무 성급한 결론이었는지도 모르지만 그런 점에 대해서는 생각도 하지 않았다. (2부)

무모한 시험을 감행하는 이유는 시험 자체에 깃들어 있다. 스타브로긴의 시험처럼 로쟈의 그것 역시 특정한 답을 선택하길 요구하지 않는다. 그들이 요구받는 것은 단 하나, 시험을 포기하지 않는 것, 시험을 계속 이어갈 힘을 발휘하는 것뿐이다. 그런데 정답도 없고 예측도 불가한 길을 걷는 것이 시험이라면 사실상 그것은 곧 '실험'이 아닌가! 그가 치를 시험은 수동적 응시자를 원하지 않는다. 기존에 있던 답을 찾기 위해 머리를 굴리는 자는 금세 시험대에서 내려오고 말 것이다. 응시자는 다만 답을 발명해내야 한다. 누구도 보장해주지 않을 답, 오직 내가 몸으로 삶으로 증명하는 것으로밖에는 설득시킬 수 없는 답을. 그는 이를 위해 달리고 구르고 미끄러져야 한다. 이렇게 보건대 로쟈들이 치르는 시험이 요구하는 것은 그들이 계속해서 그렇게 하는 것, 역량을 위로 끌어올리기 위해 멈추지 않는 것뿐이다. 오직 그렇게 하길 각오한 자만이 이 시험에 뛰어들 것이고 시험을 포기하지 않을 것이다. 시험이 그에게 주는 것은 정답도 아니고 정답에 대한 포상 같은 것도 아니다. 그것이 주는 것은 오직 '변형'이다. 시험대에 오른 뒤부터 그는 변형될 것이다.

로쟈는 정답을 궁금해하지 않고, 무엇이 올바른 것인지도 따지지 않는다. 다만 그는 이제 막 들어선 길에서 벗어나지 않겠다고 다짐한다. 그는 끝까지 이 길을 따라 걸을 것이다. 앞으로 그의 존재에 어떤 변형이 가해질지, 그가 과연 스타브로긴처럼 자살하지 않고 이 길을 다 걷는 데 성공할지, 독자는 이에 주목해야 할 것이다.

† 공동의 내레이터 : 포르피리와 라스콜리니코프

이제부터 로쟈는 웬만한 마주침은 다 시험대로 간주, 도전하듯 달려들기 시작한다. 그 가운데 가장 눈에 띄는 상대로 예심판사 포르피리가 있다. 라주미힌의 사촌인 그는 전당포 노파 살인사건의 담당자. 범행자는 특정한 패턴으로 머리를 굴리기 마련이며 으레 이러저러한 감정 상태에 처한 뒤 이러저러한 행위를 할 것이라고 말하는 그는 오늘날 범죄심리학이라 불릴 만한 지식을 자유자재로 활용한다.

자신을 바라보며 태연하고도 확신에 찬 어조로 범죄자에 대해 이야기하는 포르피리 앞에서 로쟈는 그만 어지럼증을 느낀다. 그는 생각한다. '그가 지금 나를 시험하려는구나⋯⋯!' 헤-헤-헤 하고 웃는 경박한 웃음소리, 쓸데없이 구사하는 프랑스어 표현들, 이쪽 안색을 살피는 듯했던 찰나적 시선, 이 모든 것이 의심스럽기 짝이 없다. 한시도 마음을 놓아서는 안 되지만 그렇다고 그를 피해서는 더더욱 안 될 것이다. 하여 어느 날 로쟈는, 라주미힌 없이 자발적으로 포르피리를 방문한다. 그는 두 사람이 고도의 심리전에 돌입했다고 느낀다.

무언가 흥이 오르면서도 수상한 냄새를 풍기는 표정이 포르피리의 얼굴을 스쳤다. 그러자 이마의 주름은 펴지고 눈은 가늘어졌다. 그는 라스콜리니코프를 똑바로 마주 보면서 온몸을 들썩거리며 웃어댔다. 이에 라스콜리니코프도 함께 웃으려 해보았다. 그걸 본 포르피리가 얼굴빛이 질릴 정도로 자지러지게 웃었다. 그 광경이 불러온 혐오감은 라스콜리니코프의 조심성까지 넘어가고 말았다. 그는 웃기를 멈추고 상을 구긴 채로, 여전히 웃어대는 포르피리를 무섭게 노려보았다. 포르피리의 조심성도 한계를 넘은 듯했다. 손님이 자신의 웃음을 가증스럽다는 듯 바라보고 있는데도 포르피리는 대놓고 비웃고 있었고 게다가 이를 당황스럽게 여기지도 않았던 것이다. 바로 이 점이 라스콜리니코프의 마음에 걸렸다. 어쩌면 포르피리는 지금껏 전혀 당황하지 않았으며, 덫에 걸린 것은 자신이라는 것을 깨달았던 것이다. (4부)

'멋들어진 강의군!' 등골이 오싹해짐을 느끼면서 라스콜리니코프가 생각했다. '이 정도면 고양이가 쥐를 갖고 노는 정도가 아니다. 그가 괜히 힘을 과시하고 암시를 하는 게 아닐 거야. 그러기엔 그는 너무 영리하다! 다른 꿍꿍이가 있는 거다. 그런데 그게 뭐지? 아아, 헛수고라네, 친구. 나를 놀래키고 속이려 들다니. 네게는 증거가 없잖은가. 너는 그저 나를 당황하게 만들고 마구 자극해서 날 어떻게 하고 싶은 것이겠지. 그렇게 거짓말을 지껄이다가 나가떨어질 거다! 그런데 어째서 이렇게까지 암시를 던지는 거야? 내 약해진 신경을 이용하려는 건가? 아니야, 당신이 무엇을 준비했다 해도 그렇게 거짓말만 지껄이

다가는 들켜버릴 거라고……. 자, 한번 볼까? 대체 무엇을 준비해두었
는지 말이야.'

그는 마음을 다잡고 다가올 일을 기다렸다. 시간이 흐르는 동안 벌
떡 일어나 그곳에서 포르피리의 목을 조르고 싶어지기도 했다. 그는
여기 올 때부터 자신의 이런 적개심을 감지하고 있었다. 입술이 마르
고 심장이 쑤시고 입에 거품이 일기 시작했다. 하지만 어떻게든 입을
꽉 다물고 때를 기다리기로 했다. 이것이 최상의 전술이다. 그래야만
말실수를 피할 수 있을 것이며, 침묵함으로써 상대를 자극해 거꾸로
상대방의 실수를 불러올 수도 있을 것이기 때문이다. 그는 그것을 기
대하고 있었다. (4부)

포르피리는 이미 너무 많은 것을 알고 있다. 로쟈가 야심한 시각
전당포가 있는 아파트를 돌아다녔던 것도, 범행일에 그곳에 있던
일꾼과 경비원에게 피[血]에 대해 지껄인 것도. 로쟈가 보기에 포르
피리는 마치 상대를 떠보려는 듯 무구하고 다감한 태도로 그것들
에 대해 빠짐없이 지껄이고 있는 것 같았다. 그러니 로쟈로서는 바
짝 긴장한 고양이처럼 그 자리에 앉아 있을 수밖에. 이 모든 것을
해독해야 한다. 나를 붙들기 위한 덫이 사방에 있는 게다…….

사실 이런 장면은 도스토옙스키의 인장(印匠)과도 같다. 특히『분
신』과『지하생활자의 수기』같은 작품에서 독자는 주인공이 자발
적으로 매 상황을 피 말리는 전쟁으로 만드는 것을, 상대방 말씨와
눈빛 하나하나에 따라 그의 정신이 급선회하고 움찔거리는 광경

을 지긋지긋한 심경으로 목격할 수 있다. 예민한 정신을 소유한 도스토옙스키의 인물들은 단 한마디의 말 때문에 새파랗게 질렸다가 새빨갛게 불타오르고 졸도하거나 헛소리를 한다. 말을 더듬고 격앙된 감정으로 흐느끼며 외치는 일도 부지기수다. 겨우 포착될 낌새, 아니었다고 시침 뗀다면 어쩔 도리 없는 찰나의 눈빛과 손짓 들의 말 없는 전쟁이 우습게 서너 페이지를 채운다. 가령 『분신』에는 이런 장면이 있다.

의사 크레스치얀 이바노비치는 뜻밖이라는 듯, 아니 실은 골랴드킨 씨를 전혀 반기지 않는 듯했다. 그는 순간적으로 어쩔 줄 몰라 하는 듯했고 자신도 모르게 얼굴에 조금 이상한, 어쩌면 불쾌해하는 듯한 표정을 지어 보였던 것이다. 골랴드킨 씨는 골랴드킨 씨대로 어떤 일을 잘 해보려고 누군가에게 기대야 할 때가 되면 거의 매번 제대로 처신하지 못하고 정신을 못 차리곤 했던 것처럼, 지금도 마찬가지로 첫마디 하나를 제대로 생각해내지 못해 당황해하며 겨우 이렇게 중얼거렸다. "어, 저기, 죄송." 그는 어쩔 줄 모르는 채 의자 위에 앉았다. 하지만 상대가 미처 권하지 않았다는 생각에 다시 의자에서 벌떡 일어나 실수를 만회하려 했다. 한꺼번에 잘못을 두 개나 저질렀다는 생각을 하는 와중에 그는 세 번째 잘못을 저질렀다. 변명차 몇 마디를 웅얼거리며 미소를 띤 채 얼굴을 붉히다가 다시 당황해 입을 다물어버린 것이다. 결국 의자에 다시 앉았고 그는 더 이상 일어나지 않았다. 그리고 만약을 위해 도전적인 시선을 준비했다. 그것은 골랴드킨 씨의 힘을 완벽하게 표현해주었다. 골랴드킨 씨에게는 아무 문제도 없고, 다른 사람들처럼 그도 독립적 인간이라는 것을 그 시선이 말해주고 있었던 것이다. (『분신』)

아무려나 이런 광경이 수사관과 범죄자 사이에서 펼쳐질 경우 모든 문장과 행간에서 소리 없이 뼈가 울리고 피가 식는 것은 당연하다. 이쪽은 저쪽이 한 모든 말을 재배열하고 수정하면서 다음 말을 준비하고 동시에 그에 대한 상대의 말을 예측한다. 상대의 손짓과 웃음, 눈썹의 꿈틀거림 그 모두가 소리 없는 언어다. 모든 것을 하나도 놓치지 말아야 한다.

그런데 범죄자와 수사관의 두뇌 싸움이라고 하기에는 로쟈와 포르피리의 만남에는 이상한 구석이 있다. 수사물이라면 응당 덫을 놓고 기다리는 한쪽이 있고 그에 대응해 그 덫을 교묘히 피하면서 다른 덫을 놓는 반대쪽이 있기 마련이다. 어떻게든 실마리를 얻기 위해 각자 얼마나 고도의 지략을 펼치는가에 따라 이야기의 승패가 좌우된다. 홈즈와 모리아티가 오랫동안 사랑을 받을 수 있었던 것도 그 때문이다. 포르피리와 로쟈는 다르다. 두 사람은 애초 협업이 목적이었던가 싶게 잘 맞는다. 포르피리가 로쟈를 첫 번째 용의자로 삼은 게 분명함에도, 로쟈가 몇 번이고 되풀이해 포르피리와의 승부가 시작되었다고 중얼거림에도 불구하고!

그러니까 이런 식이다. 사실 포르피리는 『죄와 벌』 안에서 최초로 로쟈의 논문을 문제 삼는 자다. 그 글은 로쟈가 대학 재학 중에 완성해 잡지에 게재한 것으로, 범죄와 법이 모든 인간에게 일괄적으로 적용되는 것이 합당한지에 대해 묻는 것을 골자로 한다. ― 만약 비범한 자가 비범한 목적을 위해 어떤 사업을 진행하고자 할 때, 사회가 정해놓은 법으로 이를 평가하는 것이 합당한가? 로쟈가 보기에 포르피리가 그것을 언급한 이유는 분명하다. 자신을 떠보려는 것이다. 자신이 그런 생각으로 살인을 저지른 게 아닌지를 확인하고픈 게다.

그런데 실제 이 장면의 효과는 다음과 같다. 포르피리의 질문을 통해 독자가 비로소 로쟈의 생각을 들을 기회를 얻게 되었으며 하여 이제부터는 독자도 그러한 사상적인 뒷받침 위에서 로쟈가 살인을 저질렀을 거라고 믿게 되었다는 것이 그것이다. ― 로쟈는 자신이 저 비참한 거리의 사람들과 다르다는 걸 확인하고 싶었던 게 아닐까, 자신이 나폴레옹처럼 비범한 자라고 생각했던 것 아닐까, 그런 탓에 머릿니처럼 하찮고도 유해한 전당포 노파쯤 죽여도 죄가 되지 않는다고 생각했던 것은 아닐까……. 이렇게 보면 포르피리와 로쟈는 작품에 흐르는 테마 중 하나를 공동으로 책임지는 셈이 된다. ― 나폴레옹이 머릿니를 죽인다 해서 죄가 되지는 않는다. 그럼 나 로쟈는 나폴레옹인가 아니면 머릿니인가. 공동의 내레이터는 이 주제를 함께 발전시킨다.

"그렇다면 당신도 새 예루살렘을 믿으신다는 거로군요?"

"그렇습니다." 라스콜리니코프는 확신에 찬 말투로 답했다. 그는 앞서 긴 이야기를 하는 내내 카펫의 어떤 부분만을 노려보고 있었다.

"신도 믿으시나요? 죄송하군요. 이렇게 이상한 질문만…… 죄송합니다."

"믿습니다." 라스콜리니코프는 카펫에서 포르피리에게로 눈을 돌려 대답했다.

"나자로의 부활도요?"

"미…… 믿습니다. 그런데 그런 걸 왜 물어보시는 건지?"

"있는 그대로 믿으세요?"

"네, 그대로."

"그렇군요……. 조금 궁금했답니다. 죄송해요. 용서하세요." 포르피리는 다시 조금 전의 주제로 돌아왔다. "소위 현재를 파괴하고 법을 파괴하는 자들이 항상 대중의 손에 의해 죽임당하는 건 아니지요. 그 반대의 경우도 있으니까요."

"살아남아 이룬다고요? 아, 그렇지요, 어떤 이는 생전에 목적을 이룹니다. 그때는……."

"그들이 처형에 나설 테지요?"

"아시다시피 필요하다면 대개 그렇습니다. 대체로 당신의 진단은 정확하시네요."

"감사합니다. 그런데 어떻게 범상한 자와 비범한 자를 구분할 수 있을지요? 태어날 때 표식이라도 있습니까? 그러니까, 더 정확할 필요가 있다는 겁니다. 드러난 특징이 확실해야지요. 이런 건 현실적이고도 선량한 의도를 가진 자가 으레 가질 법한 근심이니 용서를 바랍니다. 예를 들어 어떤 특별한 의상이랄지, 인장이랄지 뭐 그런 거라도 있어야 하는 건 아닌가요? 왜냐하면 혼란이 생겨 한 부류에 속한 자가 착각해 모든 장애를 제거하겠답시고 나서기 시작하면 어떡한답니까? 그렇게 된다면 그때는……."

"아, 실제로 그런 일은 종종 벌어집니다! 이번 지적은 조금 전보다 더 날카로우십니다."

"감사합니다."

"아뇨, 아닙니다. 그런데 그와 같은 착오는 단지 첫 번째 부류, 즉 범상한 자들에 한해서만 가능하다는 것을 이해해주십시오. 그들은 복종의 본성을 타고났지만 운명의 장난인지 그들 중 많은 자가 자신을 진보적인 인간으로, 파괴자로 상상하고서 새로운 말을 지껄이길 즐겨 하지요. 그것도 진심을 다해서. 그런데 이들은 실제로는 '새로운 인간'을 알아보지 못하고서, 오히려 그들을 시대에서 퇴보한 자, 굴종적인 자로 여기고 멸시하기도 한답니다. 그런데 저의 생각으로는 그자들이 위험한 건 아닙니다. 별로 염려할 게 없어요. 왜냐하면 그들은 멀리 갈 수 없기 때문입니다. 때때로 자기 위치를 상기시키기 위해 채찍질할 필요야 있으나 그 이상은 불필요합니다. 채찍질을 할 사람이 따로 필요하지도 않아요. 자기들 스스로 할 테니까. 왜냐하면 그들이 선하기 때문입니다. 서로에게 그런 봉사를 할 테고, 또 자기 몸에 몸소 그렇게 할 겁니다……. 그리고 대중 앞에서 회개하는 거지요. 한마디로 말해서 모든 일이 아름답고 교훈적으로 끝나는 겁니다. 그러니 당신은 염려하실 필요 없습니다. 이건 자연의 법칙이니까요."

"그렇다면 안심이 좀 되는군요." (3부)

여기서 놀라운 사실을 발견할 수 있다. 표면적으로 로쟈를 심문하는 역할을 떠맡은 포르피리의 숨겨진 역할은 사실 로쟈의 사상을 발전시키고 심화시키는 것이었다는 게 그것이다. 포르피리는 교묘하게 질문하고 공격한다. 상대의 심리를 간파해 미리 반응한다. 이 놀라운 사내는 로쟈가 만난 무서운 적수 중 한 명이 분명하다. 하지만 바로 그 때문에 로쟈의 논리는 점점 완벽해질 수 있었는데, 왜냐하면 포르피리의 반론이 상대의 주장을 부수는 게 아니라 오히려 보강해주고 있기 때문이다. 그의 역할은 로쟈에게 반론을 제기하는 것이지, 그의 사상을 무(無)로 돌려놓는 게 아니다. 작품이 로쟈의 검거가 아니라 자수와 회심으로 끝나는 것, '이제 변증법이 사라졌다'는 문장이 작품 전체의 마지막에 위치해 있는 것이 이와 연관된다. 포르피리, 그토록 민첩하고 영리한 남자, 의미심장한 분위기를 곳곳에서 풍기며 출몰했던 그는 로쟈를 궁지에 몰아넣는 것조차 하지 못했다. 로쟈로 하여금 생각하고 또 생각하게 하는 것, 그가 긴장을 늦추지 않도록 뒤를 바짝 쫓는 것, 그게 그의 역할이기 때문이다. 요컨대 저 마지막의 진정한 전환 직전까지 로쟈의 사상을 변증법적으로 발전시키는 것, 그것이 포르피리의 역할이다!

라스콜리니코프는 또 다시 비웃었다. 그는 포르피리의 의도, 그리고 그가 자신을 어느 쪽으로 몰고 가려는지 간파했다. 그는 자기 논문을 상기하며 포르피리의 도전을 받아들이기로 결심했다.

"논문이 꼭 그렇게 쓰인 건 아닙니다." 그는 단순하면서도 겸손하게 말했다. "하지만 당신이 그 논문을 거의 올바르게 이해하고 있다는 것을 잘 알겠네요. 심지어 정확하게……. (그는 그렇게 인정해줌으로써 쾌감을 느꼈다.) 다만 한 가지 다른 게 있다면, 당신의 말씀처럼 비범한 사람이 반드시 모든 종류의 폭력을 써야 한다, 그럴 의무가 있다, 그렇게 말하지는 않았다는 거지요. 그런 글이었다면 잡지에 게재될 수도 없었을 겁니다. 저는 다만 비범한 사람에게 권리가 있다는 것…… 공식적 권리는 아니고 자신의 기준에 따라…… 모든 장애를 제거할 권리가 있음을 주장했던 겁니다. 그의 신념(전 인류를 위한 구원적 신념일 수 있습니다.)을 실행하기 위해 그것이 요구되는 한에서만. 당신은 저의 논지가 불분명한 것 같다고 하셨는데요. 저는 가능한 한 자세히 이를 설명해드릴 용의가 있습니다. 당신도 그것을 원하시는 것처럼 보입니다만. 제가 생각하기에는 만약 방해자 내지 걸림돌이 될 법한 몇몇, 혹은 수십, 수백 명의 사람들을 희생시키지 않고서 케플러나 뉴턴의 발견이 알려질 수 없는 것이었다면 뉴턴은 발견을 전 인류에게 알리기 위해 그 수십 혹은 수백 명을 제거할…… 권리가 있고, 또 그렇게 하는 것이 의미 있는 일일 수 있습니다. 그러나 이것이, 아무나 닥치는 대로 죽이거나 매일같이 시장에서 도둑질할 권리가 뉴턴에게 있다는 소린 아닙니다. 또 기억하기로 논문에서 저는…… 예를 들면 고대로부터 리쿠르고스, 솔로몬, 마호메트, 나폴레옹 등으로 이어지는 인류의 입법자와 제정자 들은 새로운 법률을 제시하고, 선조로부터 전해져 추앙받는 낡은 법률을 파괴하고, 혹시 유혈만이 그들을 도울 수 있다면(때로는 낡은 법률을 위해 용감히 죄 없이 흘린 피도 있기는 합니다.), 피 앞에서도 멈추지 않았다는 점을 보더라도 그들 모두가 범죄자였다는 생각을 전개했습니다. 이처럼 인류의 영웅과 건설자 들이 대개 무서운 살인자였다는 점은 아주 흥미롭지요. 한마디로 저는 비단 위대한 자만이 아니라 조금이라도 상식이나 양식을 벗어난 사람, 조금이라도 새로운 말을 할 수 있는 자, 그런 자라면 천성상 정도 차야 있겠지만 범죄자가 되지 않을 수 없다는 결론을 내렸던 겁니다." (3부)

† 또 한 명의 라스콜리니코프: 스비드리가일로프

로쟈는 사방에 적이 있다고 느낀다. 한쪽에선 사법이 아가리를 벌리고 있다. 다른 방향에서도 어머니와 여동생, 라주미힌 등 그를 진심으로 걱정하는 이들이 시시각각 목을 조인다. 죽은 마르멜라도프의 딸인 소냐도 무슨 악연인지 자꾸 엮인다. 하지만 가장 그로테스크하고 무시무시한 상대가 엉뚱한 곳에서 등장한다. 여동생 두냐를 짝사랑하는 유부남 스비드리가일로프가 그 장본인이다.

어느 오후, 자기 방의 침대 위에서 로쟈는 또 한 번 노파를 도끼로 내려치고 있었다. 아무리 도끼로 짓찧어도 꿈속의 노파는 웃기만 했다. 로쟈는 땀에 젖은 채 깨어난다. 그때 그의 충혈된 눈은 문간에 서서 자신을 관찰하는 건장한 사내를 발견한다. 이 또한 꿈일까 싶었지만 아니었다. 로쟈는 십여 분간 침묵 속에서 그를 바라보았다. 문간의 사내도 그랬다. 참다못한 로쟈가 끝내 몸을 일으켜 세우며 말했다. "말해요, 대체 무슨 일입니까?" 사내는 여유롭게 웃으며 자신을 소개한다. "스비드리가일로프입니다."

이 짧은 장면만으로도 그는 독자들과 로쟈에게 단단히 각인된다. 고요하고 강한 사람. 충분히 강하므로 상대를 위협할 필요조차 느끼지 않는 자, 언제든 원하는 것을 위해 빠르게 돌진할 수 있는 자, 양심이나 평판 따위에 결코 흔들리지 않는 자, ―"나는 어느 누구의 평가에도 관심이 없답니다." ― 그게 스비드리가일로프다. 사기와 도박, 폭행, 살인쯤은 그에게 아무것도 아니다. 7년을 함께 산 뒤 의문의 죽음을 맞이한 연상의 아내 마르파 페트로브나에 대해 말할 때에도 완전히 무감각하다.

"사기 도박꾼이었습니까?"

"당연합니다. 8년쯤 전인가 아주 멋진 사내들끼리 패거리를 지어 지냈었지요. 모두가 예의를 차릴 줄 아는 이들로, 그중에는 시인도 있었고 자본가도 있었답니다. 러시아에서 가장 예의 바른 사람이란 곧 인생에서 수없이 넘어지고 굴러본 자일 테니까. 아시는지요? 내가 이렇게된 것은 촌구석에 처박혀 있었던 탓이라는 걸 말입니다. 당시 네쥔 출신 그리스 여자가 빚 때문에 나를 감옥에 처넣으려고 했는데 마침 마르파 페트로브나가 나타나 협상을 해서 내 몸값 3만 루블의 은화를 지불하더군요. (내 빚은 다 해서 7만 루블이었습니다.) 그후 합법적으로 결혼을 했고, 그 사람은 나를 보물단지처럼 다루며 촌구석으로 데려갔지요. 나보다 다섯 살 연상이었고 나를 많이 사랑하더군요. 7년 동안 나는 거기서 단 한 번도 나오지 않았습니다. 그런데 말이에요, 그 사람은 3만 루블의 그 차용증서를 평생 자기 손에 꼭 쥐고 있었어요. 만약 내가 배신이라도 할라치면 그대로 함정에 빠질 수밖에 없도록. 그러고도 남을 사람이지요. 여자들은 그런 복잡한 감정을 가지고 있는 법이랍니다."

"증서가 없었다면 밖으로 도망이라도 쳤겠군요?"

"어떻게 말해야 할까. 사실 거기 속박된 게 아니었어요. 내가 아무 데도 가고 싶지 않았던 거지요. 내가 좀 권태로워 보였는지 마르파 페트로브나는 자기가 먼저 외국 어디로 가보자고 두 번이나 청했었답니다. 그렇지만 말이에요, 가서 또 뭘 하겠습니까! 전에도 나가본 적이 있지만, 그때 느낀 건 언제나 역겨움이었단 말입니다. 혹은 역겹지는 않더라도, 나폴리 해변의 아침놀을 보고 있으면 어째 좀 슬퍼지기도 하고. 그 이유야 알지 못하지만, 아무튼 날 힘겹게 하는 건 내가 지금 좀 슬퍼진다는 사실이었지요. 그래, 그러니까 이 나라가 차라리 낫습니다. 여기서는 최소한 모든 걸 남의 탓으로 돌릴 수 있고, 뭐라고 변명을 할 수도 있잖습니까. 저기, 어쩌면 난 북극으로 떠날지도 몰라요."(4부)

스비드리가일로프 또한 도스토옙스키의 인물유형 중 하나로서, 앞서 다룬 『악령』에서의 스타브로긴, 『죽음의 집의 기록』에 등장하는 다양한 유형수들 중 특히 페트로프가 그와 유사하다.

시베리아 유형 당시 도스토옙스키는 감옥 바깥에서라면 만나볼 수 없었을 여러 인간 군상을 목격했다. 그중 가장 압도적인 유형이 페트로프였다. 그가 천하장사처럼 육체적 힘이 두드러진 인간이

어서도, 동료 유형수들 위에 독재자처럼 군림해서도 아니다. 도스토옙스키와 『죽음의 집의 기록』의 화자가 느끼기에 그 힘은 '비인간성'으로 표출된다. 인간적 망설임이라든가 사회인이 갖는 상식적 테두리는 그에게 아무것도 아니다. 그가 아는 것은 자신의 육체가 지금 원하는 것, 그리고 그것을 위해 지금 해야 할 것들뿐이다. 이것은 하면 안 되고, 저것은 조심해야 하고……, 그들의 강한 힘은 이런 계산과 망설임을 불허한다. 하고자 하면 그냥 하는 것이다. 힘없는 자들이야 계략을 짜고 주저하고 도움을 구하고 그러다 만약 실패하면 변명하고 반성하겠지만, 페트로프는 이런 일에 무지하다. 그가 아는 것은 무엇이 가장 자신을 기쁘게 하는지, 즉 어떤 일에 힘을 쏟을 때 가장 쾌감을 얻을 수 있는지일 따름이다. 마르멜라도프는 오직 자신에게밖에 힘을 쓸 수 없는 가련한 인간이지만, 페트로프는 원하는 순간 아무 망설임이나 공포 없이 바깥으로 제 힘을 발산한다.

지금 주인 허락도 없이 방에 들어와 로쟈를 내려다보고 있는 스비드리가일로프도 그와 흡사하다. 그는 『죄와 벌』에서 가장 위험한 인간 중 하나다. 죄책감 없이 모든 일을 해치우고, 변명 한마디 없이 웃으면서 자기 욕망을 드러내고, 원하는 바를 상대에게 당당하게 요구한다. 그런 그가, 로쟈가 세상에서 가장 아끼는 여동생 두냐에게 프러포즈를 한 것이다! 로쟈로서는 기가 막히는 일이지만 상대는 당당하다. 스비드리가일로프는 말하길, 그녀의 눈에서 이따금 떠오르는 빛이 자신을 놀라게 한다는 것.

그런데 흥미로운 전환이 일어난다. 동생을 지키고자 하는 오빠와 파렴치한 사이의 싸움이 될 줄 알았던 이 만남이 전혀 다른 양상의 싸움으로 변해버리는 것이다.

그는 원한다면 자신보다 서른 살 어린 소녀를 겁탈할 수 있고, 아내를 죽일 수 있고, 있는 대로 폭력을 행사해 재산을 긁어모을 수 있다. 육체적 힘과 잔혹함을 동원해 타인에게 해를 가할 수 있고, 상대를 공포에 질리게 할 수 있다. 아무런 동요도 없이. 하고 싶기 때문에 한다. 그렇게 할 수 있다. 그렇게 할 수 없는 자는 자신의 나약함과 무력함을 증명하는 것일 뿐. 나약한 자에 대해 성품이 선량하다든지 하는 따위의 평가를 하는 것은 불필요할뿐더러 우스꽝스러운 수작이다. 만약 전당포 노파를 죽이고 싶은 마음이 들었다면 스비드리가일로프는 로쟈처럼 한 달 동안 앓는 일 없이 즉각 그것을 해냈을 것이다. 그는 당당하게 일을 도모하고 천천히 뒤로 몸을 돌려 걸어 나왔을 것이다. 그날 밤 열병을 앓는 일도, 악몽을 꾸고 헛소리를 하는 일도 없이 아주 쾌적하게 잠들었을 것이다. 로쟈 앞의 스비드리가일로프는 이렇게 외치는 듯하다. 자, 나를 봐! 나는 너야. 네가 느끼는 두려움과 가책을 지우고 나면 그때 너는 내가 되는 거야! 침대 위 로쟈의 왼쪽 귀에 대고 유혹의 말을 속삭이는 나쁜 천사, 그가 스비드리가일로프 아닐까? 로쟈로부터 망설임과 자책을 제거했을 때 드러날 로쟈의 일면, 그것을 그가 직접 보여주고 있는 것이다.

마르멜라도프가 죽고 얼마 지나지 않아 그 아내가 발작을 일으킨 뒤 사망했을 때 스비드리가일로프는 뜬금없이 그들의 어린 자녀들에게 거액의 돈을 선물하겠다고 한다. 그에 대해 로쟈가 의혹과 경계심을 보이자 스비드리가일로프는 웃으며 이렇게 대꾸한다.

"그 돈은 완벽하게 잉여랍니다. 아니면 뭐, 인도적 차원에서 받아들이시는 건 어떨지? 그녀는(그는 숨진 카체리나가 누워 있는 구석을 손으로 가리켰다) 고리대금업을 하는 노파와 같은 머릿니 같은 게 아니잖습니까? 자, 받아들이시죠. '정말로 루쥔이 파렴치한 일을 해대야겠습니까, 아니면 카체리나 이바노브나가 죽어야 할까요?' 내가 돕지 않으면, '폴랴도 같은 길을 가겠죠……'"

라스콜리니코프에게서 눈을 떼지 않은 채 그가 '눈을 깜박거리며' 유쾌하고도 교활한 표정으로 말했다. 자신이 소녀에게 했던 말을 상대로부터 듣게 된 라스콜리니코프의 얼굴이 하얗게 질렸다. 등골이 서늘해졌다. 그는 거칠게 스비드로가일로프를 쳐다보았다.

"아니, 당신…… 당신이 어떻게?" 그는 가까스로 속삭이듯 물었다.

"나는 벽 하나 건너, 마담 레슬리흐의 집에서 지내고 있으니까요. 이것은 카페르나우모프의 집, 저쪽은 레슬리흐의 집. 그녀는 제 오랜 친구랍니다. 그러니 이웃에 살고 있고요."

"당신이?"

"내가" 스비드리가일로프는 몸을 흔들어대며 웃더니 다시 말을 이어갔다. "친애하는 로지온 로마노비치, 말씀드리건대 당신은 놀라우리만치 흥미를 자아내는 분입니다. 제가 예언했지요, 우리는 함께 잘

지낼 수 있을 거라고. 그런데 정말 그렇게 되었군요. 당신은 내가 얼마나 원만한 인간인지 아시게 될 겁니다. 나와 잘해나갈 수 있다는 것을……. (5부)

로쟈로서는 기겁할 노릇이다. 스비드리가일로프가 자신이 저지른 일도, 또 그의 생각까지도 이미 다 알고 있었기 때문이다. 스스로 밝히길 그것은 엿들은 이야기일 뿐이라지만 그것은 부차적 문제다. 스비드리가일로프는 로쟈를 속속들이 알고 있고, 로쟈가 어떤 생각을 하고 어떤 충동에 시달리는지 뼛속까지 이해하며, 로쟈가 계속해서 그런 방식으로 살기를 원한다. 그러니 로쟈에게도 문제는 더 이상 두냐가 아니다. 스비드리가일로프 앞에서 어떤 태세를 취해야 할지 결정해야 한다. 그는 나의 적인가, 우군인가. 그를 받아들여야 하는가 내쳐야 하는가…… 아니면, 당장 공격해버릴까! 나는 정말 잔혹하고 더러운 스비드리가일로프인가, 아닌가.

사랑에 빠지기라도 한 것처럼, 스비드리가일로프를 안 이래 로쟈는 틈만 나면 그를 생각하고 있는 자신을 발견한다. 혼자 술집에 앉아 있을 때도 그는 스비드리가일로프를 생각하다 문득 그런 자신을 깨닫고 어리둥절해진다. 한번은 도시 외곽의 관문에 갔다가 자신이 여기서 스비드리가일로프를 기다리고 있다고, 왜냐하면 두 사람이 여기서 만나기로 약속했었다고 망상을 일으키기도 한다. 마침내 그는 다짐한다. 차라리 싸우는 게 낫다. 아무것도 해결하지 못한 채 어영부영 시간을 보내다가는 혼란과 괴로움만 커질 뿐이다. 그리고 어쩌면…… 스비드리가일로프는 하나의 출구가 되어줄 수도 있을 것이다. 스비드리가일로프를 자신과 비교도 되지 않는 음탕하고 악랄한 인간이라 생각하면서도 로쟈는 어쩔 수 없이 이렇게 생각한다. 어쩌면, 어쩌면 아주 오래전부터 그 사내는 자신에게 필요했던 단 한 명의 인간인지도 모른다고 말이다. 이렇게 하여 몇 번이 채 안 되는 그들의 만남은 언제나, 동류의 인간이 만났을 때에만 가능한 기묘한 이해와 공감, 그리고 혐오감 따위로 범벅된 한판 승부이자 매혹적인 춤사위가 된다.

한마디로 스비드리가일로프는 로쟈의 분신이다. 로쟈가 가장 원하는 일을 해낼 수 있고, 때문에 로쟈로 하여금 이끌림과 혐오감을 동시에 느끼게끔 하는 존재다. 그를 만날 때마다 적개심을 불태우면서도 그가 없을 때면 어김없이 그를 떠올리게 되는 건 이 때문이다. 페테르부르크, 이 더러운 도시 안에서 스비드리가일로프는 유일하게 로쟈를 유혹하는 존재다. 스비드리가일로프는 처음부터 이를 잘 알았다. ─우리는 함께 있으면 서로에게 위험이 될 것이다. 하지만 함께하지 않을 때면 늘 다른 반쪽을 떠올리게 되리라.

라스콜리니코프는 최근 얼마 동안, 실은 한 달 내내 완전히 진이 빠져, 문제 상황에 봉착하면 한 가지 해결책 외에는 다른 것을 끄집어낼 수가 없었다. '스비드리가일로프를 죽여버리겠어.' 그는 절망 속에서 생각했다. 괴로움이 그의 심장을 압박해왔다. 그는 문득 길 한복판에 멈춰 선 채 자신이 어디로 가고 있고 어디로 이제 막 들어온 건지 파악하기 위해 주위를 둘러보았다. 그곳은 이제 막 지나온 센나야 광장에서 3, 40보 정도 떨어진 거리였다. 왼쪽에 도열한 건물의 2층들은 죄 식당들 차지였다. 모든 창들이 활짝 열려 있었고, 창문 위 어른거리는 그림자들을 보건대 실내는 손님들로 꽉 찬 듯했다. 홀에서 노래가 흘러나오고, 클라리넷과 바이올린 소리가 들리고, 터키 북소리도 울려나왔다. 여자들의 새된 목소리도 있었다. 그는 왜 자신이 이 거리로 들어왔는지 의아해하며 뒤돌아서려다 문득 한 식당의 열린 창문 너머에서 탁자에 앉아 파이프를 물고 있는 스비드리가일로프를 발견했다. 그는 깜짝 놀라고 말았다. 스비드리가일로프가 말없이 자신을 지켜보고 있었다. 그런데 더욱 놀라운 것은, 자신이 알아보기 전에 그가 이제 막 슬그머니 나가려고 일어서려는 것처럼 보인다는 사실이었다. 그래서 라스콜리니코프도 그를 알아보지 못한 척, 다른 곳을 바라보는 척하면서 곁눈질로 계속 그를 살폈다. 심장이 두근거렸다. 정말 그랬다. 스비드리가일로프는 들키지 않길 원했다. 그는 파이프를 입안에서 뺀 뒤 숨으려 했다. 하지만 일어나며 의자를 밀치는 순간 라스콜리니코프가 자신을 발견했고 관찰 중이라는 사실을 알아챈 듯했다. 두 사람 사이에, 일전에 라스콜리니코프의 집에서 잠들어 있던 라스콜리니코프와 이루어진 만남과 비슷한 장면이 재차 연출되고 있었다. 의미심장한 미소가 스비드리가일로프의 얼굴에 떠올라 점점 번져갔다. 이제 두 사람 모두, 서로가 서로를 관찰하고 있다는 것을 알았다. 마침내 스비드리가일로프가 큰 소리로 웃기 시작했다. (6부)

소설의 페이지가 뒤로 넘어갈수록 로쟈는 스비드리가일로프에 가까워진다. 하지만 그가 마침내 모든 망설임을 던져버리고 또 한 명의 스비드리가일로프가 될지는 앞으로 확인해볼 일이다. 사실 그건 만만한 일이 아닌 것이, 왜냐하면 그의 가까이에서 적극적으로 이를 방해하는 여인들이 있는 까닭이다. 어머니, 여동생, 그리고 소냐─마르멜라도프의 큰 딸, 그러니까 몸을 팔아 가족들을 부양하는 어린 소녀가 그들이다. 두냐는 스비드리가일로프를 굴복시킬 만큼 강인하고 지혜롭고 아름다우며, 소냐는 그야말로 살신성인이 무언지를 몸소 보여준다. 소냐는 두냐와도 닮았고, 로쟈가 의도치 않게 죽인 리자베타와도 닮았다. 로쟈는 두냐를 지키고 싶어서, 그리고 도저히 소냐를 이해할 수 없어서 그녀들 가까이로 다가간다.

† 페테르부르크의 세이렌 : 소냐

『죄와 벌』의 두 여성 두냐와 소냐는 로쟈의 오른쪽 귓가에서 속삭이는 착한 천사들이다. 두냐는 도시에서 공부하는 오라버니를 위해 가난을 감내하고 가정교사로 일해왔고 심지어 가족을 위해 마음에도 없는 결혼까지 하려 했다. 소냐는 더하다. 열여덟 살인 그녀는 무능한 아버지를 대신해 가족들을 부양하고자 거리에서 몸을 판다. '그들을 위해' 일한다는 생각도 없이.

이 두 여인은 자기희생을 무릅쓰고 로쟈를 구원하고자 하는 살

신성인의 촛불일까? 그렇게 보는 평자들이 있기는 하다. 하지만 여성 캐릭터를 희생과 구원이라는 키워드로만 읽는 것은 입체적이고 다채로운 세계를 잿빛의 좁고 얄팍한 판자로 만들어버리는 것과 같다. 장담하건대 두냐와 소냐, 그중에서도 특히 소냐는 결코 남성을 구원하는 창녀가 아니다. 다른 것을 다 제쳐두더라도, 그녀는 결코 로쟈의 도피처가 되어주지 못할 것이다. 왜냐하면 그녀는 사실 '문제 그 자체'니까.

그녀는 안식을 주는 거대하고 평화로운 왕국이 아니다. 녹초가 되어 자기 일 말고는 다른 곳에 관심을 돌릴 여력조차 없는 로쟈 앞에서 그녀는 태연하게 매일 밤 가족을 위해 비참한 일을 하고, 그러면서도 자신이 가족을 위해 그렇게 한다는 자각도 자만도 분개함도 내비치지 않는다. 상식을 뛰어넘는 소냐의 태도에 로쟈는 그만 질려버린다. 그는 본능적으로 소냐를 멀리 하고자 한다.

우리가 어떤 것에 대해 알고 싶어하지 않는 건, 대개의 경우 그것이 너무 낯설다는 걸 직감으로 알기 때문이다. 그것은 위험하다, 그것은 나를 해칠 것이다, 그것은 내게 기존과 다른 방향의 힘, 질적으로 다른 힘을 요구할 것이다, 그건 분명 내게 버거울 테지……. 그러므로 우리는 알기를 거부한다. 생각하고 싶지 않은 것이다. 문제적 상황 앞에서 대개의 인간이 뒷걸음질 치거나 그것을 모른 척 무시하는 건 그 때문이다.

차라리 두냐의 경우는 괜찮다. 현실적 조건들만 얼추 맞으면 그 문제는 쉽사리 풀릴 것이다. 가령 라주미힌 같은, 믿고 맡길 수 있는 존재가 곁에 있다면 말이다. 하지만 소냐는 다르다.

"가족들이 사는 그 집에 당신이 아직 살던 시절, 카체리나 이바노브나가 간혹 당신을 때리기도 했다면서요?"

"아니 그게 무슨, 무슨 말씀이세요, 절대 아니에요!" 소냐가 놀라 그를 바라보았다.

"그럼, 당신은 그녀를 사랑하나요?"

"그분을요? 물론이죠!" 발음을 길게 빼며 그렇게 답한 뒤 소냐는 두 손을 세게 모았다. "오! 당신이…… 당신이 그분을 조금이라도 아신다면. 어머니는 어린아이 같은 분이에요. 지금 정신이 온전치 못하시죠. 너무 슬퍼서 그래요. 원래는 얼마나 지혜롭고…… 마음이 넓고…… 또 선량하신지! 당신은 아무것도, 정말이지 아무것도 모르시고…… 오!"

소냐는 감정이 격해져 두 손을 비틀어 짜며 절망적인 어조로 이렇게 말했다. 그녀의 푸른 뺨이 다시 붉어졌고, 눈동자에 고뇌의 빛이 떠올랐다. 내부의 깊숙이에 있던 감정들로 인해 무언가 표현하고 말하고 옹호하고 싶은 것들이 가득한 듯했다. 어떤 무한한 동정심이 솟아나 그녀의 얼굴 위에 세세하게 드러나고 있었다.

"때렸다니! 그게 뭐라고! 맙소사, 때렸다고! 때렸다면, 그게 어쨌다는 건데요? 그래서 뭐가 어떻다는 거죠? 당신은 아무것도 모르잖아요, 아무것도……. 그분은 불행하고 불행한 분이란 말예요! 그리고 병까지 들었다고요……. 어머니는 정의를 원하세요……. 순수한 분이죠. 모든 일에 정의가 있어야 한다고 믿고 그걸 요구하시죠……. 어떤 괴로운 일 앞에서도 정의롭지 않은 짓이라면 하지 않을 분이에요. 어째서 세상에 정의가 없는 건지 이해하지 못하고, 그래서 그렇게 화를 내시는 거죠……. 그래서 어린애, 어린애 같아요! 어머니는 정의로운 분이에요, 정의로운 분!"

"당신은 앞으로 어떻게 되나요?"

소냐는 되려 묻는 듯한 시선으로 그를 바라보았다.

"저들 모두가 당신에게 달려 있는 거잖아요. 사실 전에도 그랬고, 고인이 된 당신 아버님도 술 취해 당신에게 가서 술값을 얻어갔지요. 자, 앞으로는 어떻게 될까요?"

"모르겠어요." 소냐가 서글프게 중얼거렸다.

"그들은 그 집에 계속 있을 수 있는 건가요?"

"모르겠어요. 그곳에 남아 있어야 할 텐데. 그런데 들어보니 집주인이 오늘 내로 나가달라고 했대요. 카체리나 이바노브나도 단 1분도 머물고 싶지 않다고 했다고 하고요."

"그분은 뭘 믿고 그렇게 용감한 겁니까? 당신에게 뭔가를 바라는 건가요?"

"오, 아니에요, 그런 말씀 하지 마세요……! 우리는 한 식구라고요!"

(4부)

소냐를 가련하다 여기면서도 로쟈는 유독 그녀에게 무례하다. 마치 작정이라도 한 듯 괴롭히려 든다. 실제로 그녀와 대화하면서 "심술궂은 쾌감"마저 느낀다. 그래서 일부러 그녀를 도발하는 질문만 던진다. 헌데 그때마다 돌아오는 답변들은 하나같이 납득하기 힘든 것들이다. 이 여자는 백치인가? 죽은 뒤 하느님의 땅에서 보답 받길 바라는 맹신자인가? 아니면 가족주의의 화신? 소냐는 모든 가설을 피해 답한다. 로쟈는 그녀가 처음 몸을 팔 때 느낀 수치심에 대해 들었고, 자살의 유혹을 받아왔다는 것을 알게 되었고, 하지만 추호도 자신이 받을 보상을 기대하지 않으며 애초 보상받을 일을 했다고 느끼지도 않는다는 것을 알게 된다. 그녀는 자신이 할 수 있는 것이 무엇인지 정확히 인지한 한에서 그것을 떠맡았던 것이다.

그런 점에서 그녀는 스비드리가일로프와 포개질 수 있다. 스비드리가일로프가 오직 자신의 충동을 좇아 대상을 취하고 버렸던 것처럼 소냐도 어떤 명분이나 기대 없이 행동한다. 누군가를 위해 한다는 자각이 없으므로 그 모든 일이 스스로를 위한 것이 된다. 희한한 소리지만, 가족들을 위해 거리에 나가는 것은 무엇보다도 그녀 자신을 위한 것이다. 그것은 한편으로 괴로운 일임이 분명하지만 만약 그렇게 하지 않았더라면 더 큰 괴로움에 빠졌을 것이다.

로쟈로서는 스비드리가일로프가 차라리 이해하기 쉽다. 그는 원하는 것을 얻기 위해 그렇게 하는 게 분명하다. 하지만 소냐는? 물론 소냐도 원하므로 행하지만, 그때 소냐를 추동하는 욕망은 이해할 수 없다. 그녀는 지상에서 가장 이상한 인간이 아닐까? 백치라서 그렇게 사는 것도, 모종의 희망과 기대 때문에 그런 일을 하는 것도 아니라면, 그렇다면 대체 왜 그녀는 그렇게 사는가? 왜 자살도 않는가!

5분이 흘렀다. 그는 그녀를 쳐다보지도 않은 채 방 안을 서성댔다. 그러다 마침내 그녀에게 다가갔다. 그의 눈동자가 빛나고 있었다. 그는 양손으로 그녀의 어깨를 붙들고, 눈물 흘리는 그녀의 얼굴을 응시했다. 그의 이글거리는 눈은 차갑고 날카로웠으며, 입술도 떨고 있었다…… 갑자기 그가 몸을 숙여 바닥에 엎드렸다. 그리고 그녀의 발에 입을 맞췄다. 공포를 느낀 소냐는 미친 사람을 피하듯 뒤로 물러섰다. 그 순간 그는 정말로 미친 사람 같았다.

"이게 무슨 짓인가요, 나 같은 사람에게!" 그녀가 잔뜩 질려 말했다. 심장이 아프게 죄어왔다.

그는 일어났다.

"당신에게 절한 게 아니라 전 인류의 고통에 절한 겁니다." 어쩐지 일그러진 어조로 말한 뒤 그는 창가로 향했다. "이봐요." 다시 돌아온 그가 말하기 시작했다. "좀 전 어떤 무뢰한에게, 놈이 당신 새끼손가락보다 못하다고 말해주었어요……. 그리고 오늘 내 누이동생에게 당신 옆에 앉을 수 있는 영광을 누리게 했다고도." "오, 그런 말을 하다니! 누이가 있는 곳에서?" 소냐가 놀라 물었다. "나와 함께 앉다니! 영광이라니! 나는…… 치욕스러운…… 나는, 죄 많은 사람이에요! 그런데 대체 그게 무슨!"

"내가 말한 건 당신의 치욕과 죄악 때문이 아니라, 당신의 그 커다란 고통 때문입니다. 당신이 죄인이라면, 그래 그건 그렇겠지." 그는 열광적인 어조로 말을 이었다. "당신이 죄인이라면, 그건 당신이 쓸데없이 자신을 죽이고 팔았기 때문이에요. 끔찍한 일 아닙니까! 그토록 증오하는 진창 속에 살면서도, 또 그걸로는 누구도 돕거나 구해줄 수 없다는 것도 뻔히 알면서도. 그러니 그게 어떻게 무시무시하지 않을 수 있겠어!" 그는 흥분해 말했다. "어떻게 당신 내면에서는 이런 치욕과 비천함이 그 정반대인 성스러운 감정과 공존할 수 있지요? 차라리 이대로 물에 뛰어들어 끝장을 보는 게 더 합당하고, 그래, 천 배는 더 정의롭고 더 이성적인 선택 아닐까요?"

"그럼, 그럼 저들은요?" 소냐가 고통에 찬 눈으로, 놀라거나 겁먹은 기색도 없이 힘없이 물었다. (4부)

앞으로도 로쟈는 알 수 없는 이끌림에 그녀를 찾을 것이다. 그녀에게 진저리를 치면서도, 만나면 괴롭히는 언사를 계속하면서도. 그는 아직 알지 못하지만 그녀만이 새로운 출구를 향하는 데 필요한 빛과 힘을 그에게 줄 수 있기 때문이다. 오직 그녀만이 그를 독촉하고 떠밀고 못살게 굴 수 있기 때문이다. 그녀는 다른 누구도 줄 수 없는 지혜를 그에게 선사할, 페테르부르크 한가운데서 노래하는 세이렌이다.

그가 소냐를 진정으로 이해하고 받아들이는 모습을, 우리는 모든 이야기가 끝난 뒤 에필로그에서야 확인할 수 있게 된다. 그때 그는 그녀의 발에, 지금과는 다른 의미를 담아 두 번째 키스를 한다.

4장

진통의 시간,
질문의 시간

✝

　　　도끼 살인범 로쟈. 일은 이미 벌어졌고 그
것이 감당할 수 없는 무게로 그를 짓누르고 있다. 그럼에도 그는 자
수를 택하지도, 또 도주하지도 않는다. 그렇다 해서 무위 상태에 들
어간 것도 아니다. 확인했다시피 그의 하루는 온통 시험과 싸움들
로 채워져 있으니까. 다시 묻자. 그는 지금 무엇을 하고 있는가?

✝ 무엇을 할 것인가?

　　라스콜리니코프는 20코페이카 은화를 꼭 쥐고 열 보쯤 걷다가 궁전
이 서 있는 네바강 쪽으로 얼굴을 돌렸다. 하늘은 구름 한 점 없이 맑
고, 강물도 평소와 달리 짙은 푸른색을 띠고 있었다. 예배당 건물에서
스무 걸음도 채 떨어지지 않은 이 다리 위에서 볼 때 가장 아름다운 성
당 둥근 지붕이 오늘 유달리 청명한 공기 덕에 그 장식 하나하나까지
또렷이 보였다. 채찍 맞은 자리가 괜찮아지자 라스콜리니코프는 맞았
다는 사실 자체를 잊어버렸다. 불안하면서도 분명치 않은 생각이 그를
사로잡고 있었다. 그는 우두커니 서서 먼 곳을 오랫동안 응시했다. 이

곳은 낯익은 곳이다. 대학 재학 시절 — 주로 집에 돌아가는 길에 족히 백 번은 걸음을 멈추고 이 광경을 바라보곤 했다. 그럴 때면 어떤 막연하고 알 수 없는 인상에 놀라곤 했다. 장엄하게 펼쳐진 눈앞의 정경에서 언제나 불가사의한 한기를 느꼈던 것이다. 이 화려한 풍경 안에 벙어리 귀머거리 유령들이 잔뜩 도사리고 있는 것만 같았다……. 그럴 때마다 그는 음울하고 수수께끼 같은 인상에 놀랐고, 하지만 스스로 믿기지 않아 수수께끼 풀이를 나중으로 미루곤 했다. 헌데 바로 지금 그때의 의문과 의혹이 똑똑히 되살아났으며, 이것은 결코 우연이 아니라는 생각이 들었다. 마치 여기 다시 서 있노라면 예전과 똑같이 생각할 수 있고 똑같은 사상과 풍경에 흥미로워할 수 있으리라 생각하기라도 한 양 그때 그 자리에 똑같이 멈춰 서 있다는 사실 하나만으로도 기괴하고 희한한 일이라고 느꼈다. 웃음이 터져 나올 것 같기도, 가슴이 고통스럽게 죄어드는 것 같기도 했다. 저 깊은 곳, 발 아래 저 어딘가에 지나간 날들, 사상과 의문과 상념, 인상, 모든 광경, 그리고 자기 자신과 모든 것, 모든 것들이 다 숨겨져 있는 것 같았다……. 그리고 자신은 그로부터 어딘가로 날아오르고, 모든 것이 눈앞에서 사라지는 듯했다……. 무심결에 손을 움직이다 주먹 안의 20코페이카를 알아챘다. 그는 손을 펴 동전을 바라보다 팔을 크게 휘둘러 그것을 물속에 던져 버렸다. 그리고 몸을 돌려 집을 향해 걷기 시작했다. 이 순간 모든 사람과 모든 것으로부터 자신을 도려내버린 것 같았다. (2부)

루이스 캐럴의 『이상한 나라의 앨리스』와 『거울나라의 앨리스』

는 교훈도 없고 서사 전개랄 것도 딱히 없는 동화다. 모험소설의 주인공들에게 마땅히 있어야 할 목적지 내지 목표도 없다. 소녀를 기다리는 것은 지금까지 알았고 믿었고 경험해온 것들을 교란시키는 사건뿐이다. 키가 늘었다 줄기를 반복하는 소녀에게 집은 집이라고 부를 수 없을 정도로 비좁아지고, 올려다본 나무에는 미소 없는 고양이가 아니라 '고양이 없는 미소'만이 걸려 있다. 이곳은 그야말로 원더랜드, 지상의 규칙이 사라진 지하 세계, 일상 규범이 뒤집어진 채 존재하는 거울 속 세계다.

그런 의미에서 페테르부르크의 로쟈는 이상한 나라에 떨어진 앨리스다. 물론 차이는 있다. 앨리스는 꾸벅꾸벅 졸다 그 세계 속으로 들어갔지만, 로쟈는 제 발로 들어간 거니까. 그는 자기 자리를 순식간에 이상한 나라로 만들어버렸다. 모든 것이 뒤집혀버렸고 돌이킬 수 없게 변했다. 돌아갈 수 없는 미궁에 빠진 그에게는 아리아드네의 실타래도 없다. 그가 그것을 원치 않기 때문이다. 이제 이 모든 사태가, 세계가, 그를 둘러싼 모든 말과 몸짓이 수수께끼가 되어 육박해온다.

도스토옙스키는 동시대 작가였던 체르니셰프스키의 장편소설 『무엇을 할 것인가?』를 못마땅하게 여겼다 한다. 어떠한 문제든 정답이 있기 마련이고 그것을 찾기만 하면 골칫거리가 해소되고 행복이 배가되리라고 확신하는 유토피아주의자의 작품이기 때문이란다. 도스토옙스키는 정답을 믿지 않았고, 만약 정답을 안다고 해도 문제가 해소될 리 만무하다 여겼다. 왜냐하면…… 인간이란 그

상트페테르부르크를 관통하는 네바강. 네바강은 북으로는 백해, 남으로는 흑해를 연결하여
발트해로의 해로를 완성하여 유럽으로 향하는 중요한 강이다. 사진에서 등대가 있는 좌안은
바실리예프스키 섬의 끝자락, 가운데로 네바강과 함께 트리니티 다리, 우안이 겨울궁전,
에르미타주 미술관 등으로 유명한 거리이다. 이 파노라마 사진을 통해 인용문 속에서 묘사하는
라스콜리니코프의 동선을 짐작해볼 수 있다.

런 것이니까! 한 사내가 술에 빠져 서서히 죽어간다. 그가 그렇게 된 것은 정답을 몰라서가 아니다. 아내가 굶어 죽어간다는 것을 알면서도 아내의 옷을 팔아 술을 마실 수 있는 게 인간이고, 그것 때문에 괴로워하면서도 동시에 그것을 쾌감으로 여기는 게 인간인 것이다. 인간이 이성을 통해 정답을 획득하기만 한다면 절로 모든 문제가 해결되리라는 도덕적 유토피아주의자들의 믿음은 페테르부르크에 차고도 넘치는 노름꾼과 주정뱅이 들에 의해 완벽하게 반박된다. 때문에 도스토옙스키는 체르니셰프스키의 소설이 결코 진실을 담고 있지 않다고 생각했다. 진실은, 무통(無痛)이 아니라 차라리 고통과 연관된다. 평화가 아니라 고통 속에서 인간은 숨은 얼굴을 드러낸다. 소수의 인간은 고통 속에서 비로소 자신을 깨나간다. 헌데 체르니셰프스키의 작품은 무통 상태를 지향하는 작가의 조바심이 책 전반에 깔려 있다 느껴지리만치 문제 해결에 급급하다.

무통 상태는 로쟈가 원하는 바가 아니다. 그는 스스로 고통의 고치를 짓고 자기 세계를 빠져나올 수 없는 미궁으로 만든다. 자신의 선택이 불러올 것이 무엇인지 알기에 망설이고 자책하면서도 살인한 달 전부터 원더랜드를 향해 다가가고 있었다. 체르니셰프스키의 구도에서 볼 때 로쟈는 비합리적이고 무지한 인간이다. 그는 아무것도 모르기 때문에 순간의 욕망에 휘둘려 판단을 그르쳤다.

도스토옙스키도 로쟈가 백치의 시간을 보내고 있다는 데는 기꺼이 동의할 수 있었으리라. 아니, 로쟈가 보내는 시간은 마땅히 그런 것이어야 한다. 햄릿이 그랬던 것처럼 그는 한없이 지체해야 한다. 왜냐하면 그가 살고 있는 이 세계에는 선연히 보이는 정답과 도덕률이 있을 수 없기 때문이다. 무엇보다 그가 그런 것을 거부하기 때문이다. 자신이 무엇을 찾는지는 알지 못하지만 어찌되었든 정답이나 명제에 대해서라면 생리적 거부감과 혐오감을 느끼는 게 지금의 로쟈다. 어떤 것도 미심쩍다. 세상은 온통 수수께끼다. 자, 그러니 이제 '무엇을 할 것인가?' 이 문장이 도스토옙스키에게로 왔을 때, 그것은 더 이상 정답을 묻는 질문이 아니게 된다. 백치는 다음과 같이 중얼거리며 지상을 어정거린다. 세계에는 정답이 없다, 누구나 해야 할 것도, 누구에게나 적합한 정의도 없다. 나는 무엇을 하고 싶은가? 나는 누구인가? 나는 무엇이 되고자 하는가?

스비드리가일로프와 소냐 등등을 만나면서 질문은 심화된다. 그 것은 끊임없이 다른 물음을 낳으며 구체화된다. 범행 직후 '이제 어떡하지?'를 묻던 로쟈는 다음의 질문으로 이동한다. 나는 나폴레옹인가, 머릿니인가? 이것은 도덕적 잘못인가, 미학적 잘못인가? 무엇이 죄이고, 무엇이 벌인가? 공인된 도덕률이 폐기된 자리에서 솟아난 질문들—이것들이야말로 도끼 살인범을 윤리적인 지대로 이끌 지렛대다.

† 사이비 자유에서 진정한 자유로

　누구나 어린 시절 한 번씩은 생각한다. 사실 난 슈퍼맨이 아닐까? 어느 날 느닷없이 변신해 전혀 다른 존재가 되지 않을까? 다른 사람들도 나처럼 생각하고 느끼고 세상을 볼까?(도저히 믿을 수가 없어……!) 이런 생각들은 크면서 점차 사라지지만, 때로 성인이 되어서까지 같은 말을 하는 사람도 있다. 혹시 로쟈도 그런 사람 중 하나일까? 전당포 노파를 살해한 것은 일종의 망상증 환자의 소행이 아니었을까? 그런 의문은 충분히 가능하다. 만약 이 이야기가 소위 '대문호'의 대표작이 아니라 텔레비전의 심심풀이용 재현 프로그램 혹은 일간지 귀퉁이를 차지한 토막기사로 다뤄진 것이었다면 우리 역시 그렇게 생각하고 지나갔을 것이다.

　최소한 『죄와 벌』을 읽고 난 독자라면 도스토옙스키가 궁금해한 것이 망상증 환자나 사이코패스의 내면이라고는 말하지 못하리라. 소설의 중대한 역할 중 하나는 기행을 일삼는 자에게 명확한 이름을 부여하는 게 아니라 우리들 안에서 일어나는 전쟁과 소요를 드라마화하는 것이다. 그럼으로써 실제로 살아내기는 하지만 정작 무지한 우리 자신에 대해, 인간에 대해 탐구하는 것이다. 로쟈에게서 우리가 목격하는 것은 우리 안에서 일어날 수도 있었을 전쟁, 우리가 양식과 상식 덕에 차마 뛰어들지 못한 전쟁의 현장이다. 문제는 살인을 하느냐 마느냐가 아니다. 중요한 것은 그 살인이 어떤 의미가 되어야 하는가, 내가 그 사건을 어떻게 만들어야 하는가, 이제 내가 해야 할 일은 무엇인가다.

"저기, 소냐." 라스콜리니코프가 감정에 휩싸여 말했다. "내가 하려는 말은, 만약 내가 배가 고파서 사람을 죽였다면" 그는 한마디 한마디 힘주어 말했다. 수수께끼를 말하는 듯이, 진지한 눈으로. "그럼 나는 지금…… '행복'할 거야. 이걸 알아줘!" (5부)

로쟈의 통절한 고백이다. 그는 전당포 노파와 리자베타를 죽인 것이 자신이라고 고백한 뒤 경악하는 소냐를 향해 위와 같이 덧붙였다. 차라리 배가 고파서, 돈을 훔치기 위해 죽인 것이라면 좋았을 것을……. 그랬다면 그야말로 단순 명료한 범행이 된다. 그랬다면 타인도 나도 그것을 납득할 수 있었을 것이다. 하지만 이 살인은 그런 게 아니다. 물론 얼마든지 다음과 같이 말할 수 있다. 나는 가난했고, 돈이 필요했고, 너무 가난한 채로 홀로 있다 보니 머리가 좀 어떻게 됐고, 전당포에 들르는 일이 혐오스러워 전당포를 어떻게든 해버리고 싶었다고 말이다. 나 자신이 그렇게 믿을 수만 있다면, 자신의 행위가 그런 것이었다고 추호의 의심 없이 자인할 수만 있다면 얼마나 좋을까! 그랬다면 최소한, 한 달 전부터 지금까지 이어져온 번민과 자책, 열병과 헛소리 따위는 없었을 것이다.

불행히도 로쟈는 그런 인물이 아니다. 그는 자신의 살인에 무언가 더 있다고 느낀다. 그리고 내심은, 그것이 자신을 특별하게 만든다고 여긴다. 그런 느낌을 기대하지 않았다면 애당초 살인을 시도

하지도 않았을 것이다. 그는 살인을 통해 확인하고 싶었고, 자신의
힘을 느끼고 싶었던 것이다. 로쟈는 바로 그것을 소냐에게 고백한
다. 노파를 죽이려는 나의 욕망에는 이런 것들이 있었던 것 같다고
말이다.

"언젠가 나 자신에게 이런 질문을 한 적이 있어. 나폴레옹이 나 같은
처지에 있다면, 출세 길을 열어줄 몽블랑, 툴롱, 이집트도 없고, 대단하
고 기념비적인 것들 대신에 전당포 노파 하나가 달랑 있고, 출세를 위
한 길이라곤 고작 그녀의 궤짝에 있는 돈을 훔치기 위해 그녀를 죽이
는 것 말고는 없다면. 만일 그것 말고는 출세를 위한 선택지가 달리 없
다면, 그럼 그는 그렇게 했을까? 그게 위대한 일도 아니고…… 또 죄악
이기도 하니까 머뭇거리지는 않았을까? 이 문제를 두고 내가 얼마나
오랜 시간 고민했었는지 몰라. 하지만 그 사람이라면 주저하지도 않
고, 또 그의 머릿속에는 이런 일은 위대한 게 아니라는 식의 생각 따위
떠오르지 않았을 거라고 생각하게 되었지. 주저할 게 뭐 있겠어, 라면
서 이런 고민 자체를 이해하지 못할 거라고 말이야. 그러자 너무 부끄
러워졌어. 다른 길이 없다면, 생각하고 자시고 할 것도 없이 목 졸라 죽
이는 거야……!" (5부)

하지만 이렇게 말하고 난 뒤 그는 곧바로 자기 말을 부정한다. 전
부 헛소리다, 범행을 저지른 건 돈 때문이다, 가난한 어머니와 누이
때문이다, 내 대학 학비 때문이다, 어디까지나 나의 독립을 위해서

다……. 그냥 이렇게 된 걸로 치자……. 그는 지칠 대로 지쳤다. 자신이 왜 그랬는지 도무지 알 수 없고 설명할 길도 없다. 그러니, 그냥 이렇게 된 걸로 치자……. 하지만 소냐는 중도에 멈추길 원치 않는다. 그녀는 재차 묻는다. "그건 아니에요! 어떻게 그게 진실이라는 거죠?" 결국 로쟈는 이렇게 내뱉고 만다. "나는 다만 이[蝨]을 죽였을 뿐이야."

나폴레옹과 머릿니! 위대한 나폴레옹 보나파르트라면 머릿니 같은 인간들 따위 아무런 망설임 없이 죽일 수 있을 것이다. 그럼 나는 어떤가? 나는 그럴 수 있는가? 아니, 그보다도, 나는 누구인가? 나는 혹시 머릿니인 게 아닌가? 내게 머릿니를 죽일 권리가 있다면 나는 나폴레옹일 것이다. 하지만 머릿니를 죽인 뒤 이토록 괴로워하는 것을 보면 나는 심약한 머릿니에 불과한지도 모르지……!

로쟈는 소냐에게 속삭이듯 외친다. "나는 그저 '감행'하고 싶었던 거야!" 내가 머릿니인지 나폴레옹인지 확인하기 위해! "나는 알아야만 했어. 내가 머릿니인지 아니면 인간인지. 내가 뛰어넘을 수 있는지, 넘지 못하는지. 내가 벌벌 떠는 놈인지, 아니면 '권리'를 지니고 있는지." 하지만 보다시피 결과는 이렇다. 로쟈는 저질러버렸지만…… 지금 그의 모습을 보라, 그는 죽이기 전보다 더 큰 고통에 휩싸여, 열에 들떠 외친다.

"나는 미친 바보가 아니라 영리한 인간으로서 그곳에 갔고, 바로 그때문에 파멸하고 말았어. 당신은 내가 몰랐다고 생각하나? 내가 권력을 휘두를 권리가 있는지 없는지를 묻고 또 물었다는 것, 그것만 봐도 나는 그럴 권리가 없는 사람이 분명하다는 사실을 내가 정말 몰랐을 것 같아? 인간이 머릿니인지 아닌지를 스스로에게 묻는다는 것 자체가 이미 나한테 인간은 이가 아니라는 것을 의미한다는 것, 그리고 만약 이런 생각을 하지 않고 이런 걸 묻지도 않은 채 곧바로 그 일을 감행할 수 있는 자에게만 인간이 머릿니라는 것을 내가 몰랐겠냐고……. 나폴레옹이라면 이것을 할까 안 할까, 이 따위 문제로 몇날 며칠을 고민했다는 것, 그것은 내가 나폴레옹이 아니기 때문이라는 걸……. 나는 이 모든 고통스러운 잡념을 다 견뎌야 했어. 이 생각들을 다 털어버리고 싶었지. 나는 소냐, 헛소리는 다 집어치우고 말이야, 나를 위해, 그저 나를 위해 죽이고 싶었어! 나 자신까지 속이고 싶지는 않아! 어머니를 돕기 위한 게 아니었어. 그건 거짓말이야! 돈이나 힘 때문에, 전 인류의 영웅이 되고자 한 것도 아니야. 거짓말이라고! 그냥 죽인 거였어. 나, 오직 나 하나를 위해 죽였다고. 내가 그 뒤에 어떤 영웅이 되건 아니면 평생 거미집에서 살아 있는 것들의 즙을 빨아먹는 거미처럼 살게 되건, 그때 내게 그런 건 전혀 상관이 없었어. 죽였을 때 내게 돈이 필요했던 게 아니야. 소냐, 돈이 아니라 다른 걸 원했어……. 이제 알겠어……. 이해해줘, 소냐. 아마 같은 일이 닥쳐도 다시는 살인을 선택하지는 않을 거야. 나는 다른 걸 알고 싶었어. 그게 나를 부추긴 거지. 나는 알고 싶었던 거야. 당장 알고 싶었지. 다른 사람들처럼 내가 '이'인가, 아니면 인간인가. 내가 선을 넘을 수 있나, 아닌가. 나는 벌벌 떠는 피조물인가, 아니면 권리를 소유한 자인가……."

"죽이는 권리요? 죽이는 권리 말이에요?" 소냐는 두 손을 맞잡았다.

"아아, 소냐!" 그는 짜증난다는 듯 외치고, 뭐라고 말하려 했으나 이내 입을 다물었다. "말을 막지 말아줘, 소냐! 나는 한 가지 사실을 말하고 싶은 거야. 악마가 나를 유혹했고, 나중에는 내가 다른 사람들과 마찬가지로 머릿니에 불과하므로 너머의 장소에 갈 권리를 갖지 못했다고 알려주더군. 나를 실컷 가지고 논 거지. 자, 이제 내가 여기 와 있어! 이 손님을 환영해줘! 만약 내가 이가 아니라면 당신한테로 왔겠어? 들어봐, 그때 내가 노파에게 간 것은 '시험하기 위해'서였던 거야……. 그렇게 알고 있으라고!"

"그리고 죽였군요! 죽였어요!"

"하지만 내가 어떻게 죽였지? 살인이란 게 그렇게 행해진단 말인가? 나처럼 살인하는 사람이 있을까! 내가 거길 어떻게 갔는지는 나중에 이야기해주지……. 내가 과연 노파를 죽인 걸까? 나는 나 자신을 죽인 거야, 노파가 아니라! 단칼에, 나 자신을, 영원히! 그 노파를 죽인 건 악마지 내가 아니야……. 이제 됐어, 소냐. 이제 된 거야, 충분해! 이제 나를 내버려둬." 그는 비탄에 찬 목소리로 외쳤다. "내버려둬!" (5부)

프랑스만이 아니라 유럽 전역을 들었다 놨다 했던 나폴레옹은 그야말로 힘의 상징이다. 그는 망설임 없이 돌진해 세상과 전쟁을 벌였다. 도덕, 의무, 양심, 평판 따위에 아랑곳하지 않고 자신이 가장 좋다고 생각하는 일들을 해냈다. 로쟈가 나폴레옹을 동경하는 까닭은 하나다. 그가 강하고, 강함은 곧 자유를 의미하기 때문이다.

오해하지 말자. 이것은 정치·사회적 권력에 관한 이야기가 아니라 한 인간의 변용 능력에 관한 이야기다. 로쟈가 나폴레옹에게서 본 자유는 흔히 생각하듯 억압된 것으로부터 해방된 상태가 아니라 변신을 통해 맛보는 희열의 상태다. 기존의 좌표에서 이탈하고자 하는 욕망, 머물기보다는 끊임없이 다른 지대로 나아가고자 하는 욕망으로 사는 자는, 그 결과가 어떻든 자유를 누린다. 이탈하고 이동하고 변신하는 딱 그만큼이 존재의 자유를 담보하기 때문이다. 객관적 조건이나 실력이 아니라 변신하고자 하는 욕망에 의해 인간은 자유인이 되기도, 또 노예가 되기도 한다. 고로 머릿니는 단지 사회적·경제적 하층민을 뜻하는 게 아니라 욕망에 있어 하층을 점하는 이들을 의미한다. 그들은 언제나 머뭇거리다 희생된다.

로쟈는 원하는 바를 실행에 옮겼다. 심지어 두 번이나 도끼를 휘둘렀다. 그러니 나폴레옹이랄 수 있을 것인가? 하지만 그가 생각하기에 나폴레옹이라면 자신이 나폴레옹인지 머릿니인지를 자문하며 일을 미루지는 않았을 것이다. 단지 나폴레옹이 되고 싶다는 이유로 누구를 죽이지도 않았을 것이다. 발각되고 싶지 않다는 생각에 간질 환자처럼 발작을 일으키지도 않았을 것이다. 소냐 같은 이에게 찾아와 범행을 고백하지도 않았을 것이다!

『죽음의 집의 기록』의 수인들이 사이비 자유인 — 자신이 자유롭다고 느끼기 위해, 오직 그것을 위해 위험을 감수하면서 밀매와 사기와 폭력을 일삼는다는 점에서 — 이라면, 그것은 로쟈에게도 똑같이 적용되어야 한다. 제 입으로 말한 것처럼 '영리한' 로쟈는 이를 깨달은 뒤 더더욱 괴로움을 겪어야 했다. 오직 자신의 힘과 자유로움을 증명하기 위해 노파를 죽인다는 것은 나폴레옹이 할 짓이 아닌 게다. 게다가 한심하게도 죽인 뒤 그 무게를 감당하지 못해 이토록 휘청거리고 있으니……. 단지 누군가를 죽인다는 사실이 우월함을 증명하는 것이라면 세계의 수많은 살인자들이 모두 강자라 불려야 마땅하다. 모든 살인이 자유를 향한 여정이라 간주되어야 한다. 하지만 로쟈가 깨달은 것은, 단지 살인을 위해 살인을 한다는 것, 자신이 할 수 있는지 보기 위해 그렇게 한다는 것이야말로 약함에 대한 증명이라는 사실이다. 그가 자신을 입증하고 증명하는 데 골몰해 있다는 것, 자신이 가장 원하는 일이 고작 그것이라는 것, 하지만―내지, 그러므로―입증 후에 그에게 남는 것이 아무것도 없다는 것, 더 나쁘게는 행위 뒤 이를 감당할 수 없어 병들어간다는 것, 이 모든 것들이 하나의 진실을 말해준다. 그가 자유롭기는커녕 가장 예속적이라는 것, 가장 나약한 방식으로 힘을 사용하는 자라는 것을. 하여 가장 끔찍한 진실이 속살거린다. 유형지 안의 수인이나 페테르부르크 안의 주정뱅이나 나폴레옹을 동경하는 청년이나 다 마찬가지다…… 우리 모두는 약하고, 노예적이다…… 우리 모두가 머릿니…… . 그의 말마따나 노파를 죽이면서 그는 자신까지 죽이고 말았다. 스스로를 가장 한심한 노예로 전락시켰다. 강한 자가 아니라 강한 자를 부러워하는 벌레가 되었다. 그녀들을 죽이는 순간 그렇게 된 것이다.

하지만 이것으로 모든 게 끝난 건 아니다. 머리를 싸매고 고함지

르는 로쟈를 보라. 그는 포기하지 않았다. 그는 시험대 아래로 내려
갈 생각이 없다. 그는 계속 중얼거린다. 노파가 죽었다고 나까지 죽
은 것은 아니라고 말이다. 오히려 본격적인 싸움은 이제부터 시작
되어야 한다. 그는 살인을 저질렀고, 그것을 통해 자신이 어떤 인간
인지 비로소 알게 되었다. 이제 남은 일은 사이비 자유인이 진짜 자
유를 쟁취하기 위해 무엇을 해야만 하는지 찾아내고 그를 위해 분
투하는 것이다.

† 이것은 미학적인 잘못이야! : 전복된 '죄'와 '벌'

"지금 자수하러 갈 거야. 그래, 이 순간의 수치를 피하고자 물에 빠
져 죽고 싶었었지. 두냐, 하지만 그때 물 위에 있을 때 말이야, 만약 내
가 정말 강한 인간이라면 이 정도 수치를 두려워할 건 없다, 그런 생각
이 들었어." 그는 말했다. "오만일까, 두냐?"

"그래, 오만이야, 오빠."

흐렸던 눈동자에서 순간 불꽃이 빛났다. 자신이 아직 오만하다는 사
실에 유쾌해진 듯했다.

"혹시 물을 겁냈던 것이라고 생각하는 건 아니냐?" 그가 일그러진
얼굴로 두냐를 응시하며 물었다.

"오빠, 제발!" 두냐가 씁쓸한 듯 외쳤다.

침묵이 이어졌다. 그는 고개를 내려뜨린 채 바닥을 바라보았다. 두

냐는 탁자의 다른 끝에서 괴로운 얼굴로 그런 그를 지켜보았다. 갑자기 그가 일어났다.

"늦었다, 가야겠어. 이제 자수하러 가는 거야. 하지만 내가 무엇을 위해 나를 내주는 건지 잘 모르겠구나."

굵은 눈물 줄기가 그녀의 볼 위로 흘러내렸다.

"우는군. 손 좀 주지 않을래?"

"그걸 말이라고 해?"

그녀는 그를 포옹했다.

"고난을 받으러 가는 것만으로도 이미 범죄의 절반은 씻기는 게 아닐까?" 그녀는 그를 끌어안은 채 입 맞추고 말했다. (6부)

6부 7장에 이르러 로쟈는 자수를 결심한 뒤 두냐를 찾아와 말하는데, 이에 독자들은 당황스러울 수밖에 없을 것이다. 그도 그럴 것이 서사 전개상 너무 돌연한 선택처럼 보이기 때문이다. 그는 이제 포기하려는가? 느닷없이 싸움을 중단하려 하는가? 그게 아니라는 것은 이어지는 다음의 장광설을 통해 알 수 있다.

"범죄? 어떤 범죄란 말이냐?" 갑자기 격분한 그가 외쳤다.

"저 불결하고 유해한 머릿니를, 누구에게도 필요치 않은 전당포 할망구를 죽인 범죄 말인가? 빈자들을 빨아먹는 그런 여자를 죽였으니 사람들은 족히 마흔 개의 죄악은 용서받을 텐데, 그런 게 범죄란 말이냐? 나는 그렇게 생각하지 않고 그러므로 죄를 씻을 생각도 없다. 모두가 사방에서 '범죄야, 범죄!'라고 손가락질하지만. 지금에 와서야 나는 내 나약함, 내 어리석음을 확실히 알게 되었고, 바로 그 때문에 불필요한 수치를 향해 가기로 결심한 거야! 난 나의 미천함, 나의 무능함 때문에 가려는 거야. 그리고 또…… 포르피리의 제안대로 그게 유리하기도 하고……!"

"오빠, 그게 무슨 말이야! 오빠는 누군가의 피를 흘리게 했어!" 두냐는 절망적으로 소리쳤다.

"누구나 흘리는 피잖아." 그는 말을 막으며 미친 듯 말했다. "지금도 흐르고, 언제나 넘쳐흐르는 피, 샴페인처럼 흐르는 피. 그래서 카피톨리움 신전에서 월계관을 쓰고, 후에 전 인류의 은인으로 칭송받게 한 그 피. 그래, 제대로 봐, 잘 들여다보라고. 난 인간들을 위해 선을 원했어. 나는 이 어리석은, 아니 그다지 적절하지 못한 이런 일 대신 수백 수천 가지 착한 일을 할 수 있었을지도 몰라. 내 사상은 지금에 와서 보이는 것처럼 꼭 그렇게 어리석은 것만은 아니니까……. (실패했을 때에는 모든 게 어리석게 보이잖아!) 그 어리석은 일을 통해 나는 첫걸음을 떼고 싶었을 뿐이야, 스스로를 독립적인 위치로 올려놓을 수 있는. 만약 그럴 수 있었더라면 모든 일이 그 무한한 이로움 덕에 상쇄될 수 있었을는지 모르지……. 그런데 나는, 나는 그 첫걸음을 견뎌내지 못한 거야! 나는 낮은 인종이니까! 이게 문제의 핵심이지! 하지만 어찌되었건 너희들과 같은 눈으로 세상을 보지는 않을 거야. 만약 이게 성공했더라면 너희는 내게 월계관을 씌워주었을 텐데. 하지만 지금 난 꼼짝없이 걸려들었어! (6부)

로쟈가 보기에 자수는 수치스러운 선택이다. 그것은 자살보다도 격이 떨어진다. 자기가 한 일을 그들의 언어, 즉 사법 체계에 수렴 가능한 언어로 설명해야 한다는 것은 자기 부정을 포함하는 일이기 때문이다. 경찰서에서 그는 자신이 정확히 이러저러한 의도를 가지고 그날 전당포에 갔고, 이러저러한 절차로 두 명의 여성을 죽였다고 진술해야만 할 것이다. 그것은 자신의 죄를 인정하고 그에 대해 응당 처벌을 받겠다는 의사를 표명하는 일이다. 그에게는 이 모든 게 너무나 수치스러운 일이다. 하지만! 하지만 정말 강한 자라면 말이다, 이 정도 수치스러운 일을 두려워하지 않을 것이다! 스스로 생각하는 것처럼 그는 극도로 오만한 인간임이 분명하다. 그는 경찰이 자신을 검거하게 두지도 않거니와 교회가 자신을 심판하길 허락하지도 않는다. "범죄라고? 이게 무슨 범죄라는 거지?"

　설령 자신이 벌을 받아야 할 만큼 나약하고 비천하다 해도, 그럼에도 로쟈는 자신이 두냐나 라주미힌 등 시민정신의 소유자들과 같다고는 결코 생각할 수 없었다. 도덕과 명분에 아랑곳하지 않고 행동할 수 있는 자라면 이미 여타의 종(種)들과 구분되는 인간일 것이 분명하기 때문이다. 최소한 그는 자기 죄를 스스로 심판하는 판관이 되고자 한다. 자기가 지켜야 할 법을 스스로 만드는 자기입법자, 그리고 자기의 죄를 스스로 심판하는 판관. 그러므로 자기 죄에 대한 평결을 타인에게, 포르피리 따위에게 맡길 수 없는 것이다. 로쟈에게 있어 전당포 노파 살해는 사법기관이 규정하는 '범죄'가 아니다. 하지만 그것은 분명코 '죄'다. 왜냐하면 나약함이야말로 죄이기 때문이다. 죽였기 때문이 아니라, 약하기 때문에 벌을 받아야 한다고 그는 생각한다. 유형지를 택한 건 그 때문이다. '수치심을 견뎌라!'—사법과 종교가 해야 한다고 간주되는 그 일을 스스로 해버림으로써 그는 마지막까지 주인이 되기 위해 안간힘을 쓴다. 그가 몸을 떨고 있는 건 사실이지만 그럼에도 그는 이미 입법가다.

입법가 로쟈의 기준은 하나, 곧 미적 측면에서의 완성도다.

아! 형식이 그래서는 안 되었던 건데! 그다지 미학적으로 훌륭하달 수 있는 형식이 아니었던 거야! 하지만 이해할 수 없군. 왜 폭탄으로, 포위 공격으로 죽이는 게 더 나은 형식이 되는 거지? 미학적인 두려움은 무력함의 제일가는 징후다……! 난 이걸 지금처럼 명징하게 안 적이 없었어. 그리고 지금보다 더 내가 한 일을 잘 이해한 적도 없고! 지금보다 더 내가 한 일에 대한 강한 확신을 가져본 적도 여태 단 한 번도 없었다……! (6부)

사건 이후 종종 그는 '형식'에 대해 논해왔다. 훌륭한 형식 내지 아름다운 형식에 대해. 로쟈가 생각하기에 행위에서 문제 되는 것은 명제의 내용도 아니요 도덕적 올바름 같은 것은 더더욱 아니다. 중요한 것은 그것의 미적 완성도에 있다. 이 말이 사람들에게 얼마나 큰 당혹감을 선사할지 짐작하기란 어려운 일이 아니다. 사람을 죽이는 것이 미학적 측면에서 평가될 일이란 말인가? 대체 사람을 어떻게 죽이는 게 아름답게 죽이는 것이란 말인가? 하지만 로쟈에게도 살인 자체를 미적으로 숭앙할 생각은 없다. 문제는 전혀 다른데 있다.

양심과 상식을 겸비한 대중이 어떤 행위를 평가할 때 기준으로 삼는 것은 선악과 시비다. 그 동기가 선하고 양심적인가? 그 결과가 충분한 이익과 발전을 가져다주는가? 사사로운 감정이나 개인적 이해관계를 개입시키지 않고서 공정하게 행위를 판단해야 할 것이다. 그런데 미를 중시하는 이는 이런 것에 진저리를 친다. 도대체가 도덕적으로 올바른 것이란 아름다울 수가 없는데, 왜냐하면 그것은 개인의 욕망 및 취향에 완벽히 무관심하고, 심지어 그것을 짓밟아버리는 두터운 거인 발이기 때문이다. 물론 문명의 근간은 인간의 힘, 욕망, 행위를 종교와 도덕에 따라 판단함으로써 만들어진다. 이때의 선이란 다른 게 아니다. 해당 사회가 용인하고 용납할 만한 상식적인 수준에 드는 선택, 공중(公衆)에 이로움을 가져올 만한 행위가 바로 선이다. 고로 도덕이란 개인의 고양이 아니라 집단의 유지에 최적화된 도구다. 무릇 한 나라의 국민이라면, 한 가정의 아내라면, 여자라면, 인간이라면…….

미학적 측면에서 행위를 판단하는 건 전혀 다른 문제다. 미학을 논한다는 것은 도덕에서와 같은 초월적이고 선험적인 규준을 거부하고 파괴함을 의미한다. 아름다움은 각자가 고유하고 독특하게 느끼는 것이지 합의할 수 있는 게 아니고, 새로이 창조하는 것이지 기존의 틀에 끼워 맞추는 게 아니다. 장미가 백합보다 더 아름답다 할 수 없고, 오디세우스가 오이디푸스보다 덜 아름답다 할 수 없다.

아름다움이란 오직 새롭게 창조되고 새롭게 만끽될 수 있는 것이므로. 고로 미학적 기준으로 행위를 논하는 일은 시시비비를 따지는 것과 전혀 다른 작업이어야 한다.

셰익스피어의 비극들을 보라. 그 세계의 주인공들은 대개 왕위 찬탈자고 질투의 화신이다. 이들을 도덕적 규준에 따라 판단하기란 식은 죽 먹기다.—그들은 충(忠)과 신(信)의 의무를 저버린 악인이다. 하지만 셰익스피어의 비극은 도덕극이 아니다. 내기를 해도 좋다. 400년의 시간 동안 관객과 독자들이 셰익스피어 극을 사랑해온 건 주인공들이 아름다워서다! 나는 언제 가장 힘이 넘치는가? 어떻게 해야 고양되는가? 그들은 그 답을 알았고, 그것을 해냈고, 그에 응당 뒤따르는 벌까지 기꺼이 받아들였다. 최상의 아름다움은 그런 곳에서 피어나는 게 아닐까? 한 존재가 그 어느 때보다 강해졌을 때, 그래서 그 어느 때보다 자유로워졌을 때, 그때 그는 한없이 아름다워질 수 있다. 오이디푸스부터 햄릿에 이르기까지 그 모든 비극의 주인공들은 최상의 쾌락주의자이며 탐미주의자다.

상식적인 일, 사회가 옳다고 권하는 일은 대부분 아름답지 않다. 그럼에도 우리는 그것을 따르길 주저하지 않는데, 그것을 따르지 않았을 때 돌아올 불이익이 두렵거나 귀찮기 때문이다. 하지만 그에 구애되지 않는 자가 존재한다. 로쟈가 나폴레옹에게서 본 것이 그것이다. 그러니까 로쟈가 바란 것은 자신이 벌인 일을 하나의 아름다운 사건으로 만들고자 한 것, 그 사건과 더불어 자기 자신이 아름다워지고자 한 것이었다.

† 스비드리가일로프의 마지막: 사이비 자유인의 종말

로쟈가 자수하기 전 마지막으로 어머니와 두냐를 방문한 그날은 스비드리가일로프에게도 중요한 날이었다. 그는 어느 허름한 호텔 방에 묵으면서 밤새 악몽을 꾸고 난 참이다. 눈을 감자 침대 위로 시궁쥐가 기어 다니고, 갑자기 소녀의 시신이 안치된 관이 눈앞에 나타나는가 하면, 다섯 살 여자아이가 성인여자처럼 음탕한 미소를 지으며 그를 유혹하기도 했다. 그렇게 시달리다 눈을 떠보니 오전 5시, 온몸이 쑤셨다. 그는 늦잠을 자버렸다고 생각하며 호텔을 나와 네바강을 향해 걷기 시작한다. 길에는 단 한 명의 행인도 없었고 추위에 꽁꽁 언 더러운 개 한 마리만이 그의 앞을 달려 사라졌다. 그는 계속 걸었다. 죽었는지 살았는지 도로 위에 고꾸라져 있는 남자 하나를 그대로 지나쳐갔다. 그가 걸음을 멈춘 곳은 소방대 건물 앞. 그곳 정문에는 아킬레우스 투구처럼 생긴 모자를 쓴 남자가 서 있었다. 스비드리가일로프는 그곳이 마음에 들었다. 적어도 목격자가 있는 게 없는 것보다는 나으니까. 그는 자신의 소중한 목격자에게 다가간다.

"나는 외국으로 간다네."

"외국이라고요?"

"미국으로."

"미국요?"

스비드리가일로프는 권총을 꺼낸 뒤 공이치기를 올렸다. 아킬레우스가 눈썹을 추켜올렸다.

"이봐요, 여기서는 그런 거 하면 안 되는데!"

"왜 안 된다는 거지?"

"그런 데가 아니니까요."

"뭐 어때서 그래. 아주 적절한 곳인데. 누가 묻거들랑 난 미국으로 갔다고 좀 해주게."

그는 권총을 오른쪽 관자놀이에 갖다 댔다.

"이봐, 안 된다고! 여긴 그런 곳이 아니야!" 아킬레우스는 눈을 점점 더 크게 뜨면서 몸을 떨었다.

스비드리가일로프는 방아쇠를 당겼다. (6부)

네바강을 산책하면서 느꼈던 유혹을 이기고 로쟈가 자살이 아닌 자수를 택한 것과 달리 스비드리가일로프, 그 당당하고 강하고 제 멋대로 삶을 구가한 사내는 권총 자살로 생을 마친다. 대체 그에게 무슨 일이 있었던 것일까? 전날 하루 동안의 행보를 되짚어보자.

카페에서 로쟈를 보고도 못 본 척한 그날 오후, 그는 다시 한 번 두냐를 만나 마지막으로 애원과 협박의 말을 번갈아 던지고 있었다. 그는 로쟈의 범행을 털어놓아 두냐를 경악케 했고, 로쟈가 도주하도록 조치를 취해주는 대신 두냐 당신이 내게 와야 한다고 말해 다시 그녀를 겁먹게 했다. 문은 잠겨 있었고 건물에는 아무도 없는 듯했다. 두냐는 마침내 만약을 대비해 넣어온 권총을 주머니에서 꺼냈다.

스비드리가일로프의 도발이 시작된 건 그때부터다. 두냐가 쏜 첫 번째 총알이 빗나가자 그는 말한다.

"못 맞췄소! 다시 쏘시오. 내 기다리지." 스비드리가일로프는 웃으며 조용히 말했지만, 어딘지 우울한 모습이었다. "그래서야 공이치기를 올리기 전에 내가 먼저 당신을 잡겠는데!"

두냐는 몸을 한 번 떨더니 재빨리 공이치기를 올리고 다시 총을 들어 올렸다.

"날 내버려둬요!" 그녀가 절망적으로 외쳤다. "진짜로 또 쏠 거예요……. 당신은…… 죽을 거예요!"

"그렇겠지……. 세 발자국 거리밖에 안 되니 죽지 않을 수가 없지. 죽지 않는다면…… 그때는……." 그가 눈을 빛내며 두 발자국 더 다가왔다.

두냐가 또 한 번 쐈다. 불발이었다!

"장전을 잘못 한 거야. 괜찮소! 뇌관이 더 있으니까. 손을 좀 보시지, 내 기다릴 테니."

그는 두 발자국 떨어진 곳에 서서 그녀를 기다렸다. 타오르는 듯한 시선으로 그녀를 바라보면서. 그녀는 그가 자신을 풀어주느니 차라리 죽을 것임을 깨달았다. '그래…… 이 자를 죽일 수 있겠지, 두 발자국 떨어진 거리니까……!'

그녀가 갑자기 총을 내던졌다.

"버린 건가!" 스비드리가일로프가 놀라 말한 뒤 무겁게 숨을 내쉬었다. 무엇인가 순식간에 그의 심장에서 떨어져 나간 것 같았다. 단지 죽음의 공포가 주었던 무게만은 아닌 듯했다. 그자가 그런 공포를 느낄리가 없었다. 그것은 보다 큰 비애와 우울함을 띤 감정, 자신도 뭐라 규정하기 힘든 어떤 감정으로부터의 해방이었다. (6부)

보다시피 스비드리가일로프는 두냐가 자신을 죽이게끔 유도하고 있다. 두냐의 판단대로 그녀를 얻지 못한다면 차라리 죽기를 바란 것이다. 그 정도로 두냐를 사랑했다고 생각할 수도 있겠지만 두냐는 그렇게 생각할 수 없었다. 이제껏 원하는 것이라면 족족 손에 넣어온 저 사내에게 두냐는 또 하나의 새로운 포획 대상에 불과하다. 그는 대상을 포획하는 데에서 살아 있음을 느낄 뿐, 자신을 부수고 변화시키는 관계를 원한 건 결코 아니었다. 좀처럼 붙들리지 않는 두냐는 그런 의미에서 그의 욕망을 부채질해온 것이다.

상상해보자. 원하는 모든 것을 손에 넣을 수 있는 자의 삶, 모든 것을 멋대로 취할 수 있고 조종할 수 있는 자의 삶을. 자신을 쏴 맞추라고 하면서 두냐에게 보인 그 우울한 얼굴이 모든 것을 말해준다. 그에게 삶은 낯선 모험지가 아니라 어디를 봐도 익숙하고 편안한 장소다. 자신을 깨부수고 변화시킬 것이라곤 단 하나도 없는 곳, 도무지 변칙적인 것이라곤 없는 곳. 그러므로 그의 삶은 언제까지고 같은 것의 반복이다. 쾌락의 대상만 여기에서 저기로 이동할 뿐 똑같은 패턴인 것이다. 이것을 원하면 이것을 갖고 저것을 원하면

저것을 얻을 수 있는 인간. 그런 자가 삶에서 어떤 기쁨을 맛볼 수 있겠는가.

그가 제멋대로 살 수밖에 없었던 것은, 매번이 똑같은 이 지루한 세상에서 어떻게든 흥취와 쾌감을 느껴보기 위해서였을 터이다. 하지만 그렇게 하면 할수록 세상은 점점 더 재미없는 것이 되어 갔다. 그러니 점점 더 악랄한 것, 그래서 보다 더 자극적인 것을 찾아 나설 수밖에. 두냐가 그 정점에 있었고, 보다시피 스비드리가일로프는 처음으로 실패했다. 그리고 바로 그 순간, 비로소 그에게서 "비애와 우울함을 띤 감정"이 떨어져나갔다. 지금까지 그를 사로잡고 있었던 건 두냐에 대한 사랑이 아니라 그를 한없이 무겁게 짓누르는, 삶에 대한 허무였던 것이다.

지금껏 그는 그에 대한 타개책이 두냐인 줄 알았으나 실은 그게 아니었다. 어쩌면 그의 몸이 원하는 건 죽음이었을지 모른다. 모든 것을 가질 수 있는 자가 느끼는 권태와 짜증, 그로부터 비롯되는 삶에 대한 무지막지한 피로감—이 모두를 단번에 떨칠 수 있는 길은 오직 자살이다. 피로도가 극심한 자에게 이것은 지극히 합리적인 결론일 것이다. 지금 시점에서는 두냐를 제외하고는 오직 자살만이 그에게 최대의 쾌락을 줄 수 있으리라. 무거운 몸뚱이로 땅 위를 기어 다니던 그가 비로소 가벼워질 수 있으리라.

스비드리가일로프의 최후를 목격함으로써 우리는 한계 없이 쾌락을 좇는 것이 강함의 징표가 되지는 않는다는 사실을 깨닫게 된다. 여기에는 실로 세심한 구분법이 필요하다.

존재하는 모든 것은 쾌락을 원한다. 공부를 하는 것도, 이성 혹은 동성을 사랑하는 것도, 낯선 곳을 여행하는 것도 모두 자신의 즐거움을 위한 것이다. 설령 그것이 억지로 하는 것일지라도, 그렇게 억지로 함으로써 어떤 것을 얻거나 피할 수 있으므로 우리는 그렇게 한다. 요컨대 나폴레옹이든 노예든 인간은 행위를 통해 쾌감을 맛보고자 한다.

스비드리가일로프가 몸소 증명한 것은, 강력한 힘의 소유자인 자신이 굉장한 무능력자였다는 사실이다. 그의 모든 행위는 더 큰 쾌락의 추구에서 비롯된다. 문제는 그때의 쾌감이 그를 다르게 만들기는커녕 점점 더 하나의 행동에 고착되도록 한다는 데 있다. 그는 자신이 왜 대상을 욕망하는지, 대상과 더불어 자신이 어떻게 변할 것인지에 대해선 일절 관심이 없다. 오직 '갖는다'는 것만이 중요하다. 그러나 아무리 많이 가져도 공허하다. 어떤 것을 얻어도 자기 자신이 새로 채워지거나 부서지는 법이 없으니 말이다. 특정한 행동에 의해 쾌감을 얻는 그 순간에만 렌즈 포커스를 맞춘 삶은, 나머지 무지막지한 시간을 지리멸렬한 것으로 만든다. 만약 자살하지 않았다면 그는 다음 번에는 무엇을 사냥할까 궁리하다 생을 마치게 될 것이었다. 그의 사냥 대상은 점점 더 어렵고 거대한 목표물이 될 것이다. 그리고, 그러므로, 그는 점점 더 우울하고 권태로워질 것이다. 이 악순환!

차가운 콜라 앞에서 모두가 같은 행동을 하는 게 아니라는 걸 우리는 안다. 동일한 인간이 같은 음료 앞에서도 상황과 시기에 따라

달리 행동한다는 것도. 우리에게는 수많은 변수가 있다. 그것은 우리 몸 바깥에만 있는 것이 아니라 몸 안에도 있다. 수많은 욕망이 한시도 쉬지 않고 신체 위에서 싸우는 것이다. 코카콜라 앞에서 우리는 다이어트를 해야 한다는 생각과 이가 썩는다는 생각과 미국 제국주의 내지 자본주의에 대한 반발심과 코카콜라 광고 모델인 유명 연예인의 얼굴과 내가 느끼는 신체적 갈증 등등을 동시에 떠올리지만 그중 가장 우월한 힘을 가진 것이 우리 의식까지 떠올라 그에 따라 우리는 손을 뻗거나 거두리라. 우리 모두는 매일 매순간을 이렇게 산다. 가장 강한 힘에 따라 움직인다. 그러니 관건은, 어떤 힘이 자신을 고양시키고 변신시킬 수 있는지를 아는 것, 그리고 그것이 설령 자신을 고난에 빠뜨리더라도 그것을 감내하고 긍정하는 것이다.

스비드리가일로프의 신체 위에서 승리하는 욕망은 늘 고만고만한 것이었다. 마구잡이로 산 것처럼 보이지만 그 마구잡이도 실상 동일한 패턴의 행위들이었다. 하나의 힘이 유독 우세해져 신체에 강력한 회로를 형성했을 때, 그때부터 신체가 동일 행동을 반복하는 탓이다. 우리의 의식은 이제야 안정감을 찾았다고 착각하지만 사실 신체는 그때부터 삶에 지쳐간다. 신체는 결코 동일한 것, 안정된 것을 추구하지 않기 때문이다. 왜냐하면 매번 산소를 들이마시고 음식물을 분해하고 세균들을 받아들이거나 내치면서, 신체는 단 한 순간도 동일한 채 있어본 적이 없으니까. 동일한 것을 추구하는 순간 신체는 죽음에 접어들게 되는 것이다.

이렇게 보건대 스비드리가일로프는 자기 신체 위를 관통하는 다른 힘들을 볼 능력도 없고, 다른 힘을 사용할 기회도 갖지 못한 불행한 인간에 다름 아니다. 원하는 것을 포획하는 데 말고 어디에도 힘을 사용할 수 없는 무능력자. 고로 지친 그 신체가 최종적으로 내린 타개책, 그게 자살이었다.

자살 전 호텔에서 그가 경험한 일들은 매우 인상적이면서도 미스터리한 분위기를 자아낸다. 거기에는 어떤 설명도 없고, 그래서 어떤 설명이든 가능한 것처럼 보인다. 그가 연달아 꾼 악몽들은 아마 실제 정신분석학자들에게 좋은 소재가 되었을 것이다. 그런데 그보다 더 기이한, 맥락 없이 들어간 듯 보이는 짧은 삽화가 하나 있다.

스비드리가일로프는 침대에 앉아 있던 참이다. 그런데 옆방에서 속삭이는 듯한 이상한 소리가 들려오기 시작한다. 그것은 점차 커져 비명처럼 울려 퍼진다.

속삭임은 방에 들어왔을 때부터 계속된 참이었다. 그는 귀를 기울였다. 누군가 욕을 퍼붓고 울먹거리며 상대를 비난하고 있었고, 오직 그 한 목소리만 계속되었다. 스비드리가일로프는 일어나 손으로 촛불을 가렸다. 그러자 벽 틈새로 빛이 흘러 들어왔다. 그는 다가가 틈을 들여다보았다. 자기 방보다 좀 더 큰 방에 두 명의 투숙객이 있었다. 그중 심한 곱슬머리에 상기된 얼굴을 한 사람이 프록코트를 벗고서 균형을 잡고자 두 다리를 양껏 벌린 자세로 마치 연설하듯 서서는 가슴까지 치며 비장하게 다른 이를 힐난하고 있었다. 거지 같고 관등도 없는 너를 이 내가 진창에서 꺼내줬어, 그러니 원하면 언제든 내쫓을 수 있어, 이 모든 일은 오직 신만이 알고 계셔, 대략 이런 말들이었다. 비난을 받고 있는 이는 재채기가 나올락 말락 한 것 같은 표정을 지으며 의자에 앉아 있었다. 이따금 양처럼 순박한 눈으로 연설자를 올려다보았지만, 그의 이야기를 알아듣지 못하는 눈치였고, 잘 들리지도 않는 듯했다. 탁자 위에는 다 타버린 초와 거의 비운 보드카, 술잔, 빵, 물컵, 오이, 다 마시고 찌꺼기만 남은 찻잔 등이 널브러져 있었다. 이 모든 광경을 유심히 들여다본 스비드리가일로프는 흥미 없다는 듯 틈새에서 떨어져 나와 다시 침대로 돌아갔다. (6부)

두 남자의 대화에서 맥락이나 의미를 파악하기란 불가능하다. 여기에는 이미지의 나열만이 있다. 벽 사이의 작은 틈, 노란 빛, 그리고 두 남자의 표정. 격렬한 감정과 멍청한 얼굴, 술 냄새가 밴 실내 공기. 그것은 스비드리가일로프가 마지막으로 목격한 공격성, 분노, 자만, 어리석음, 어리둥절함 등이다. 하나로 규정될 수 없는 장면, 수많은 선들이 어지러이 교차하며 만들어낸 이미지.

어쩌면 도스토옙스키는 벽 너머의 목소리와 이미지 들을 통해 스비드리가일로프의 무의식을 그려보이려 했던 것인지 모른다. 같은 밤 그가 꾸었던 일련의 악몽들처럼 벽 너머의 이미지는 그의 어떤 상태, 그를 가로지르는 힘들이 펼쳐진 연극무대가 아니었을까? 스비드리가일로프가 찰나적으로 관심을 가진 벽의 틈, 그간 벽 아래를 흘러 다녔으나 무관심 속에 방치되었던 어떤 존재들이 일순 모습을 드러냈다. 지금껏 벽 너머에 무수히 많은 목소리들이 속삭이고 싸웠을 텐데, 두냐를 놓아버린 이제야 그는 틈새에 눈을 가져간다. 하지만 벽 너머는 경험 없는 자에게는 만만치 않은 대상이다. 어쩔 수 없다. 그는 금세 흥미를 잃고 만다. 그는 다시 어두운 침대로 돌아온다. 그리고 수많은 인간들의 얼룩이 남아 있는 그 자리에서 마지막 밤을 보낸다. 악몽들에 두드려 맞으면서. 사이비 자유인은 이렇게 하여 무대에서 사라진다.

† 새로운 시험대를 향하여

열병, 범행, 다시 열병, 착란…… 한바탕 전투를 치른 로쟈가 이제 경찰서로 향하기로 결심한다. 포기해서가 아니라 또 다른 시험을 위해. 자신의 죄에 합당한 벌을 주고 달게 받기 위해. 자백할 때 느낄 두려움을 예상하며 치를 떨면서도, 범행 내용을 되풀이해 묻고 이를 제멋대로 판단할 타인들을 미리 상상하느라 치욕스러워하면서도.

경찰서로 향하는 그의 뒤를 따라가보자.

연신 좌우를 두리번거리고 잔뜩 긴장한 채 사물들을 쳐다보면서도 그는 무엇에도 주의를 집중할 수 없었다. 모든 것들이 미끄러지고 있었다. '일주일 후, 한 달 후, 죄수 호송 마차에 태워져 이 다리를 지나 어디론가 가겠지. 그때 이 운하를 다시 보겠지. 그때, 지금 이 순간을 어떻게 기억하게 될까?' 이런 생각이 머릿속을 스쳐갔다. '이 간판, 그때가 되면 이 간판을 어떻게 읽으려나? 성점(상점의 오기(誤記)), 모음 ㅓ를 기억해두었다가 한 달 후 다시 저 ㅓ를 보면 어떤 느낌일까……? 이런, 이 얼마나 하찮은 생각들인가! 물론 흥미로운 일들이긴 하지…… 그 나름대로는……. (하하하! 대체 무슨 생각인 건지!) 어린애가 되어버렸군, 자기 앞에서 허세를 부리다니. 왜 자신을 부끄러워하는 건가? 쳇, 사람이 너무 많네! 이 뚱보는, 독일인이 분명한데, 나를 떠민다. 자기가 밀친 게 누구인지 알기나 할까? 애를 안고 구걸하는 저 아줌마는 내가 자기보다 행복한 사람이라 생각할 거야. 웃기는군. 자, 그럼 어디 돈을 줘볼까. 어, 주머니에 5코페이카 동전이 남아 있었군그래. 어디서 난 거지? 자, 자…… 받으시지, 아줌마!'

"하느님의 가호가 있으시길!" 거지의 울먹이는 소리가 들려왔다.

그는 센나야 광장으로 들어섰다. 행인들과 부딪히는 것이 너무도 불쾌했음에도 사람들이 더 많아 보이는 곳으로 자꾸 걸어갔다. 혼자 남기 위해서라면 그는 뭐든 했을 것이다. 하지만 단 한 순간도 혼자 있을 수 없음을 그는 온몸으로 알았다. 취한 사람이 군중 속에서 추태를 부렸다. 그는 춤추고 싶어했지만 자꾸 쓰러지고 있었다. 사람들이 그의 주변을 둘러쌌다. 라스콜리니코프도 그 속으로 들어가 몇 분 동안 주정뱅이를 구경하다가 갑자기 짧고 크게 웃음을 터뜨렸다. 하지만 잠시 후 그는 벌써 주정뱅이의 존재를 잊었고, 그를 보고 있으면서도 그를 알아채지 못했다. 마침내 그는 자신이 어디 있는지도 잊은 채 그 자리를 떴다. 하지만 광장 한복판에 이르렀을 때 갑자기 어떤 강력한 감각이 일어나 그를 장악하고 그의 모든 것을 사로잡아버렸다.

갑자기 소녀의 말이 떠올랐다. '사거리에서 사람들에게 절하고 땅에 키스하세요. 당신은 대지에 죄를 지었으니까. 그리고 세상을 향해 크게 말해요. 내가 죽였습니다, 라고!' 이것을 기억하자 온몸이 떨려왔다. 최근 내내, 특히 지금 몇 시간 동안의 빠져나갈 길 없는 비탄과 불안이 그를 거세게 짓눌렀던 탓에 그는 이 충만하고 새로운 감각 속으로 기다렸다는 듯 뛰어들었다. 감정이 발작처럼 솟아올라 그를 휘감았다. 그는 녹아내린 듯했고, 눈물을 쏟기 시작했다. 서 있던 자세 그대로 그는 땅에 쓰러졌다…….

그는 광장의 그 한복판에서 무릎을 꿇고 이마가 땅에 닿도록 절을 한 뒤 쾌감과 행복감을 느끼면서 더러운 땅에 입을 맞추었다. 그러고는 일어나서 다시 한 번 절을 했다.

"저것 봐, 엉망으로 취해버렸어!" 그의 곁에 있던 한 청년이 큰소리로 말했다. (6부)

일전에 소녀가 권한 대로 그는 사거리 한복판에 선 채 자신이 더럽힌 땅에 절하고 입을 맞춘다. 하지만 일반적인 기대와 달리, 이때 로쟈를 사로잡고 있는 것은 죄책감 내지 용서를 구하는 마음이 아니다. 그것은 지금의 행위 자체가 후광처럼 거느리고 있는 성스러움에 대해 느끼는 격렬한 감동이었다. 투쟁심과 자기 멸시 사이를 오가며 잔뜩 날이 선 채로 시간을 보내던 그에게 그것은 잠시나마 새로운 쾌감을 선사한다. 하여 그는 불안과 수치를 잊고서 눈물을 쏟을 수 있었다.

자신을 몰래 뒤따라온 소냐를 발견한 로쟈는 이내 결심한 듯 경찰서 문을 열었다. 하지만 그 순간까지도 갈등은 지속되고 있다. '가지 않아도 괜찮지 않을까, 말하지 않아도 괜찮지 않을까, 아직은 그렇지 않은가…….'

일전에 만난 적이 있는 중위가 그에게 반가이 인사를 건넨다. 로쟈가 무슨 용무로 왔는지 꿈에도 알지 못한 그는 사건과 무관한 이야기를 신나게 늘어놓기 시작한다. 로쟈는 멍청하게 그의 이야기를 듣고 있다 갑자기 경악한다. 중위가 오늘 아침에 있었던 괴상한 사건에 대해 이야기하기 시작했기 때문이다. "자살 사건이 얼마나 늘었는지 당신은 짐작도 못 하실걸요? 있는 돈을 모조리 써버린 뒤 스스로 목숨을 끊는 거예요. 나이 어린 여자, 사내애, 노인 할 것 없이……. 오늘 아침만 해도 여기 온 지 얼마 안 된 신사 하나가, 아까 페트로프스크 지역에서 권총 자살을 했답니다." 짐작하다시피 자살자 이름은 스비드리가일로프. 그 이야기를 듣는 순간 무엇인가 위에서 떨어져 자신을 짓누르는 듯한 느낌이 로쟈를 사로잡았다. 그것은 이름 붙여 말할 수 있는 감정이나 생각이 아니라 미세한 바람결 같은 것, 아직까지 마음의 결정을 내리지 못한 로쟈를 막아서는 마지막 자극 같은 것이었다. 자수하고 싶지 않은 그의 마음은 자신의 행동을 방해할 어떤 자극이라도 환영할 태세가 되어 있었다.

라스콜리니코프는 온몸을 떨었다.

"스비드리가일로프! 스비드리가일로프가 자살을 했다니!" 그가 외쳤다.

"아니! 스비드리가일로프를 아세요?"

"네…… 압니다……. 여기 온 지 얼마 되지 않은……."

"네, 얼마 전에 왔고, 최근 아내를 잃은, 방탕한 사내였죠. 그가 갑자기 스스로 목숨을 끊었답니다. 게다가 상상할 수 없을 정도로 희한한 짓을 했다네요……. 자기 수첩에 유서 같은 걸 남겼는데, 자기는 멀쩡한 정신으로 죽는다, 그러니 이에 대해 누구 탓도 하지 말라, 이렇게 써 있었답니다. 그자, 돈은 좀 많았다지요. 그런데 어떻게 그를 아시죠?"

"아…… 그냥 좀 압니다……. 여동생이 그 집에서 가정교사로 일했었지요……."

"아 저런…… 그럼 그에 대한 정보를 좀 부탁드리겠습니다. 그가 그러리라고 의심해본 적이 있으신지?"

"어제 그를 만났지만…… 그자는…… 술을 마셨고…… 저는 아무것도 몰랐습니다."

무언가 라스콜리니코프의 머리를 치고 또 짓누르는 듯했다.

"또 얼굴이 창백해지셨군요. 여기 이 방 공기가 정말 답답하긴 하죠."

"네, 이만 가봐야겠어요." 라스콜리니코프는 중얼거리듯 말했다. "죄송합니다, 폐를 끼쳤습니다……."

"오, 괜찮습니다. 언제든 오시죠! 덕분에 즐거웠습니다. 기뻤습니다……."

일리야 페트로비치는 손을 내밀었다.

"저는 다만…… 자묘토프를 찾아온 겁니다만……."

"알아요. 알고 있습니다. 아주 유쾌한 시간이었습니다."

"저도…… 반가웠습니다……. 안녕히……." 라스콜리니코프는 미소 지었다.

그는 경찰서 밖으로 나왔다. 몸이 휘청거렸다. 머리가 뱅글뱅글 돌았다. 자신이 지금 어떻게 서 있는지도 모를 정도였다. 그는 오른손으로 벽을 짚으며 계단을 내려가기 시작했다. 작은 책 같은 것을 들고 올라오던 어떤 문지기가 경찰서로 가기 위해 맞은편에서 올라오다 그를 툭 밀치는 듯했다. 어떤 강아지가 아래 어딘가에서 짖는 것 같았고, 어떤 여자가 그 강아지를 향해 방망이를 던지고 고함지르는 것 같기도 했다. 그는 아래로 내려가 마당으로 나갔다. 그런데 거기 마당, 입구 가까이 있는 곳에 창백해진 얼굴의 소녀가 서 있었다. 그녀가 기이한 눈으로 그를 바라보았다. 그는 그녀 앞에 멈춰 섰다. 고통스럽고 병적이고 또 절망적인 표정이 그녀의 얼굴에 떠올랐다. 그녀는 자신의 두 손을 맞잡았다. 비굴한 미소가 그의 입가에서 번졌다. 그는 잠시 서 있다가 쓴웃음을 지으며 다시 경찰서가 있는 위층으로 올라가기 시작했다.

일리야 페트로비치는 자리에 앉아 서류들을 뒤적거리고 있었다. 그의 앞에, 방금 계단에서 라스콜리니코프를 밀치며 지나간 사내가 서 있었다.

"아아? 또 오셨군요! 두고 가신 거라도……? 아니 왜 그러세요?"

라스콜리니코프는 파랗게 질린 입술에 굳어버린 시선으로 그의 책상을 향해 다가가 한 손으로 책상을 짚으며 뭔가 말하려 했다. 하지만 그럴 수가 없었다. 들리는 건 도통 알아들을 수 없는 소리뿐이었다.

"몸이 안 좋은 모양이군요. 이봐, 여기 의자 좀! 자, 여기 앉으세요. 이봐, 물도 좀!"

라스콜리니코프는 의자에 주저앉았지만 잔뜩 불쾌한 얼굴이 되어 놀란 일리야 페트로비치의 얼굴에서 눈을 떼지 않았다. 그때 그가 마실 물이 왔다.

"바로 제가……." 라스콜리니코프가 입을 열었다.

"여기 물부터."

라스콜리니코프는 손으로 물을 물리치고 조용히, 끊어가며, 그리고 또박또박 말했다.

"바로 제가 그때 고리대금업자 노파와 그 여동생 리자베타를 도끼로 살해하고 금품을 절도한 사람입니다."

일리야 페트로비치는 입을 딱 벌렸다. 사방에서 사람들이 몰려들었다.

라스콜리니코프는 진술을 되풀이했다.

『죄와 벌』 6부는 이렇게 끝난다. 여기까지가 한 청년이 도끼 살인을 저지른 뒤 경찰서에 찾아가 자수하기까지의 전말이다. 하지만 이야기는 여기서 끝나지 않는다. 그가 연옥─페테르부르크를 떠나 드디어 전혀 새로운 공간으로, 즉 시베리아 유형지로 스스로 떠난 뒤의 이야기가 우리를 기다린다. 이제 새로운 시험이 시작되고 새로운 이야기가 펼쳐지리라. 전체 목차와 조금 다르게, 『죄와 벌』의 2부가 바로 그 장소에서 시작된다고 말할 수 있는 건 그 때문이다.

5장

Reset 혹은 구원

†

이제 작품의 결말부에 이르렀다. 1부에서 6부까지 모두 지나 지금 남은 건 몇 페이지 채 안 되는 에필로그뿐. 그런데 이 안에 놀라운 반전이 준비되어 있다. 기대하시라. 당신은 이제 돌이킬 수 없이 몰락한 자의 뒷모습을 보게 될 것이다. 그가 수인으로 남을지, 아니면 나폴레옹으로 거듭날지, 그도 아니면 좀비가 되어버릴지 어디 한번 지켜보자.

† 시베리아 유형지 : 다시, 죽음의 집

'죽음의 집' 페테르부르크를 벗어나길 욕망한 로쟈가 또 다른 죽음의 집에 도착했다. 경찰서에서 범행 내용을 진술한 그가 가야 할 곳은 시베리아 유형지. 생전 처음 보는 더럽고 추악한 사람들과 한 방을 써야 하는 곳, 원치 않는 때 자리에 드러눕고 일어나야 하는 곳, 목표 없는 무익한 노동을 쉼 없이 해야 하는 곳이다.

그곳으로 가기 위해 그는 모든 것을 분명한 어조로 차분하게 ─ 그들이 원할 것이 분명한 것, 그들이 이해할 만한 내용들만을 편집

해 자백했다. 그날 오후의 범행이 어떤 순서를 거쳐 이루어졌는지, 그 집에서 훔친 것들을 그가 어떻게 했는지.

왜 살인을 했으며 무엇이 절도 행위를 부추겼는가 하는 결정적 질문에 대해 그는 분명하지만 조잡하게 자신의 처참했던 상황 때문이었다고 설명했다. 살해한 노파에게서 3천 루블을 훔쳐 인생에서 새 출발 해보고자 했다고 말이다. 그는 자신이 경솔하고 소심하고 성마른 데다 궁핍 때문에 더더욱 예민해져 살인을 결심했다고 말했다. 왜 자수를 했는가 하는 질문에 대해 그는 진정 뉘우치고 있기 때문이라고 직설적으로 답했다. 이 정도면 거의 난폭하다고 할 만한 수준의 대답들이었다……. (에필로그)

그의 범죄에 대한 처벌은 예상보다 가벼웠다. 유형지에서의 제2급 징역형, 징역 8년. 이는 그가 먼저 죄를 시인했다는 점, 진술 과정에서 어떤 것도 은폐하지 않고 정직하게 털어놓았다는 점, 죄를 감면받으려는 생각이 없어 보인다는 점, 그리고 몇몇 전문가들의 소견에 따라 그가 정상적이지 않은 정신 상태에 처해 있었기에 벌어진 일이라는 점, 그리고 그의 지인들의 증언에 따라 그가 평소 어려운 사람들을 동정해 도움을 주곤 했던 선량한 시민이라는 점 등이 정상참작된 덕분이다. 법률 전문가와 의학 전문가들의 눈에 그는 정신착란에 시달리다 범행을 저지른 청년이었다. 게다가 수사가 미궁에 빠져 있는 상황에서 그가 먼저 자수한 데다 모든 일을 남김없이 털어놓고 또 훔친 돈을 전혀 쓰지 않은 것으로 보아 그는 아주 많이 죄를 뉘우치고 있는 게 분명하다는 것이다.

반면 로쟈는 제 범행을 말하는 동안 부끄러워 견딜 수 없었다. ─ 나는 결코 유죄가 아니다. 노파를 죽인 게 무슨 대수인가! 그 사건과 연관해 내가 저지른 잘못이라고는 몇 가지 실책을 범했다는 것뿐이다. 단지 그 때문에 무의미하고 어리석은 판결에 굴복해야 한다는 것, 한 장소에 갇혀 희망 없이 시절을 보내야 한다는 것은 끔찍한 일이다. 그는 자수 직전까지 자신이 앓았던 열병도, 그 자신이 어떤 다짐으로 자수를 결심했는지도 까맣게 잊고 다시 속으로 외친다. "왜 살아야 하는가? 다만 존재하기 위해서 산다는 건 끔찍한 일이다! 나는 무언가 더 큰 것을 원한다." 아무리 생각해봐도 자신이 저지른 죄는 하나다. 새로운 한 걸음을 내딛지 않고 자수해버린 것. 로쟈는 괴로운 심정으로 묻는다. 왜 그때 차라리 자살하지 않았을까? 스비드리가일로프도 스스로 죽지 않았던가? 단지 살고 싶다는 그 욕망 하나를 이기지 못해 이런 꼴을 당하다니!

이런 상황이니 그가 유형지에서 어떤 생활을 했을지는 보지 않아도 빤하다. 다른 유형수들이 보기에 로쟈는 극도로 예민하고 소심한 샌님이었다. 샌님 주제에 자기 죄를 뉘우치지도 않았고, 죄수 가운데 누구와도 말을 섞지 않을 정도로 오만방자했다.

소냐는 누구보다 이에 대해 근심했다. 그가 시베리아로 이주할 때 함께 이곳으로 이주해온 그녀는 그를 보살피느라 갖은 애를 쓰고 있었다. 어머니가 사망하고 라주미힌과 결혼한 두냐에게 소냐는 꼬박꼬박 로쟈에게 일어난 일들을 적어 보냈다. 그 편지 내용은 하나같이 두냐의 마음을 더욱 어둡게 만드는 것들뿐이었다.

소냐는 아직 알지 못하지만 실마리는 그녀 자신에게 있었다. 오직 그녀만이, 로쟈의 '부활'을 가능케 할 기적이었다. 실은 그녀야말로 『죄와 벌』의 숨은 주인공이다.

† 유로지비 : 영혼을 읽어내는 소녀

'그녀는 세 갈래의 길 앞에 서 있다'고 그는 생각했다. '강물에 몸을 던지거나, 정신병원에 가게 되거나, 아니면…… 그게 아니면 음탕한 삶으로 빠져들겠지.' 그로서는 세 번째 길이 가장 혐오스럽게 느껴졌다. 하지만 회의적이고 젊고, 또 추상적이기에는 냉정한 그로서는 마지막 결론이 가장 현실적이라는 생각을 하지 않을 수 없었다.

'하지만 정말로 그런 걸까?' 그는 속으로 외쳤다. '순수한 영혼의 소유자도 결국 그 추하고 악취 진동하는 시궁창에 빠져들게 될까? 그런 몰락이 시작된 것인가? 어쩌면 그래서 지금까지 견뎌냈던 것인가, 그녀에게 혐오스럽게 여겨지지 않았던 것인가? 아니다, 아니야, 그건 아닐 거야!' 그는 소냐가 그랬던 것처럼 외쳤다. '아니야, 죄의식 때문에 빠져 죽을 생각을 누를 수 있었던 걸 거야. 그리고 그 가족들 때문에……. 그녀가 아직 미치지 않았다면…… 그런데 미치지 않았다고 장담할 수 있는 건가? 과연 정상적으로 생각하며 사는 건가? 정상적인 인간이 저렇게 말할 수 있나? 건전한 상식의 소유자가 저렇게 판단하는 게 가능한가? 이미 자신을 잡아끄는 악취 진동하는 시궁창 바로위, 파멸 바로 위에 저렇게 떡하니 앉아서, 위험을 경고하는 소리에도 아랑곳없이 저렇게 손을 내젓는 것이? 어찌된 일인가? 혹시 기적이라도 바라는가? 틀림없이 그럴 거야. 이 모든 게 광기의 징후인지도 모르지.'

그는 그와 같은 생각에 골몰해 있었다. 지금 이 결론이 다른 것보다 훨씬 그럴듯하게 느껴졌다. 그는 뚫어질 듯 그녀를 바라보았다.

"당신은 하느님께 간절히 기도하겠지, 소냐?" 그가 물었다.

소냐는 아무 대꾸도 하지 않았다. 그는 그녀 옆에서 대답을 기다렸다.

"그분이 안 계시다면 내가 어떻게 살아갈 수 있었겠어요?" 그녀가 반짝거리는 시선을 잠시 그에게 던지며, 빠르고 낮은 목소리로 말했다. 그런 뒤 그의 손을 잡았다.

'그래, 이거다!' 그는 생각했다.

"그 대가로 하느님이 무엇을 해주시는지?" 그가 캐내듯 물었다.

소냐는 오랫동안 침묵했다. 그녀의 가슴이 흥분 탓인지 헐떡거렸다.

"그만둬요! 그런 걸 묻지 말아요! 당신은 그럴 수 없어요……!" 그녀는 엄한 눈으로 그를 보며 소리쳤다.

'바로 이거다! 이거야!' 그는 속으로 집요하게 이 말을 되풀이했다.

"모든 걸 해결해주십니다!" 그녀는 눈을 내리깔고, 빠른 말투로 속삭이듯 말했다.

'이게 결론이군. 이게 결론에 대한 설명이구나!' 그렇게 단정 지으며 그는 호기심을 안고 그녀를 뜯어보기 시작했다. 그것은 새롭고 좀 기묘한, 거의 병적이라고까지 할 그런 감정이었다. 그는 창백하고 여윈, 균형이 떨어지는 각진 얼굴과 언제든 불타오를 수 있지만 지금은 온순한 푸른 눈, 그리고 분노로 인해 지금도 떨리는 그 작은 몸을 바라보았다. 이 모든 게 그에게는 이상해 보였고 불가사의하게 느껴졌다. '유로지비다! 유로지비!' 그는 단언했다. (4부)

전당포 노파를 죽인 건 나다……! 로쟈가 이 사실을 가장 먼저 고백한 상대는 두냐도 라주미힌도 아니고 바로 소냐였다. 그는 직관적으로 알고 있었다. 일어난 모든 일을 알고 있기라도 한 양, 자신이 그 모든 것을 했거나 본 것처럼 그녀가 자기 말을 알아들으리라는 것을. 설명과 설득의 과정 없이도 그녀가 단번에 모든 것을 이해할 것임을. 그리고 서슴없이, 장차 그가 밟을 모든 길에 따라나설 것임을.

처음으로 그녀에게 자신이 한 일을 고백한 그날, 로쟈는 살해당한 리자베타와 재회한다. 무구한 소냐의 '빈 얼굴'이 일순 리자베타의 순진한 얼굴로 변모했던 것이다.

무서운 시간이 흘렀다. 그사이 두 사람은 계속 서로를 응시하고 있었다.

"이래도 모르겠어?" 그렇게 묻는 순간 그는 자신이 종루에서 몸을 던지고 있다고 느꼈다.

"모르겠어요." 소냐가 들릴 듯 말 듯한 목소리로 속삭였다.

"잘 생각해봐."

이렇게 말하고 나니 예의 그 익숙한 감각에 다시 영혼이 얼어붙는 듯했다. 그는 그녀의 얼굴을 바라보았다. 순간, 그녀의 얼굴에서 리자베타가 떠올랐다. 그는 도끼를 들고 그녀에게 다가갔을 때 그녀의 표정을 생생하게 기억하고 있었다. 그녀는 그를 피해 벽으로 붙으며 손을 앞으로 뻗었는데, 마치 놀란 어린애가 꼼짝도 못하고 겁을 주는 상대를 쳐다보며 뒤로 한 발 물러나 그 작은 손을 앞으로 뻗치고 울음을 터뜨리려는 모습 같았다. 소냐에게도 똑같은 일이 일어났다. 똑같은 모습으로 경악하면서 힘없이 그를 바라보던 그녀가 갑자기 왼손을 앞으로 뻗치고 손가락으로 그의 가슴을 찌르면서 천천히 침대에서 일어났다. 그녀는 점점 뒤로 물러났고, 그를 응시하는 시선은 점점 굳어졌다. 그녀의 공포가 그에게 전달되었다. 이제 똑같은 표정이 그의 얼굴에 어렸다. 그는 그녀와 같은 표정으로, 어린애 같은 미소를 지으며 그녀를 마주 보았다.

"이제 알겠어?"

"오, 하느님!" 그녀의 가슴에서 비명이 터져 나왔다. 그녀는 힘없이 침대 위로 쓰러져 베개에 얼굴을 파묻었다. 하지만 금세 다시 일어나, 재빨리 그에게 다가가 그의 손을 꼭 쥐고, 얼어붙은 듯 그를 쳐다보았다. 최후의 시선으로 한 가닥 희망을 찾아내고 싶었던 것이다. 하지만 희망은 없었다. 의심할 여지가 없다. 모든 게 그대로다! 나중에 이 순간을 다시 떠올렸을 때 그녀는 자신이 어떻게 그처럼 '즉시' 더 이상 의심

할 여지가 없다고 느낄 수 있었는지 불가사의하게 여겼다. 그녀가 이런 일을 예감했다고 말할 수는 없지 않은가? 그런데 그가 그녀에게 이야기를 털어놓자마자, 그녀는 자신이 바로 이것을 예감했다는 느낌을 받았다.

"그만하자, 소냐. 충분해! 더 이상 괴롭히지 말아줘!" 그는 괴로움 속에서 말했다.

그는 이렇게 그녀에게 밝히게 될 줄은 꿈에도 알지 못했다. 그런데 '이렇게' 되어버린 것이다.

그녀는 넋을 잃은 채 일어나 두 손을 쥐어짜고 비틀면서 방의 중앙으로 갔다. 그런 뒤 이내 돌아와 그의 어깨에 닿을 정도로 바싹 붙어 앉았다. 그리고는 무언가에 찔린 것처럼 온몸을 부르르 떨고는 벌떡 일어나 부지불식간에 무릎을 꿇었다.

"당신, 당신 도대체 자기한테 무슨 짓을 한 거예요!" 절망적으로 외치면서 그녀는 일어나 그를 와락 껴안았다.

라스콜리니코프는 그것을 뿌리친 뒤 슬픈 미소를 띤 얼굴로 그녀를 바라보았다.

"역시 이상한 사람이군, 소냐. '이런 이야기'를 했는데도 안고 키스를 할 수 있다니. 정신이 나간 건가?"

"그렇지 않아요. 지금 여기서 당신만큼 불행한 사람은 없다고요!" 그녀는 그의 말은 더 이상 듣지도 않고 미친 듯 외치더니, 이내 발작적으로 울음을 터뜨렸다.

오랫동안 그에게 나타난 적 없던 감정이 파도처럼 와 스며들더니 순식간에 그를 적셨다. 그는 상태를 굳이 거부하지 않았다. 눈물 두 방울 이 그의 속눈썹 끝에 맺혔다.

"그럼 나를 버리지 않는다는 건가, 소냐?" 그는 가느다란 희망 속에 서 그녀에게 물었다.

"아뇨, 아니에요! 정말이지 언제까지나, 어디에서든 버리지 않을 거예요!" 소냐는 부르짖었다. "당신을 따라갈 거예요, 거기가 어디든 간에! 아, 신이시여……! 아, 나는 불행한 여자예요……! 왜, 왜 진작 당신을 만나지 못했을까! 왜 좀 더 일찍 오지 않은 거예요? 오, 신이시여!"

"이렇게 왔잖아."

"이제야 오다니요! 오, 어떡하면 좋아……! 우리 같이, 같이!" 그녀는 넋을 잃고 같은 말을 되풀이하면서 그를 안았다. "나도 함께 감옥에 갈게요!" (5부)

마치 무녀처럼, 소냐는 다른 존재를 깊숙이 받아들인다. 그래서 도끼 살인범을 있는 힘껏 껴안고, 심지어 이미 죽은 여자인 리자베타가 되기도 한다. 이것의 변주로서 『백치』에서 백치 미슈킨 공작이 앓는 간질 발작을 들 수 있을 텐데, 이 또한 타자 앞에서 인물에게 발생하는 급격한 신체적 변용이라는 점에서 소냐와 포개진다. 이와 연관해 아비탈 로넬은 『어리석음』에서 도스토옙스키의 간질 모티프를 "재현 불가능한 체험의 살아 있는 암시"라 분석한 바 있다. 말하자면 도스토옙스키의 간질병 환자들은 상대를 흉내 내거나 혹은 이해하고 관용하는 것이 아니라 체험하고 다시 한 번 살아낸다. 미슈킨 공작이 관념적으로 상대를 이해하고 관계 맺는 것이 아니라 상대의 삶 전체를 몸으로 받아들이고 이해했던 것처럼. 말하자면, 그는 상대의 삶을 '체험'해버린다. 그 삶을 살아버리는 것이다. 여기 소냐도 마찬가지다. 그녀는 소냐로서 로쟈의 말을 청취하는 게 아니다. 순간이지만 그녀는 죽임당한 리자베타가 '된다'. 이에 대해 『소설의 이론』에서 루카치는 도스토옙스키의 유로지비들이 백지(白紙)와 같다는 분석을 내놓았다. 타인에게 연민을 느끼고 그를 돕는 것이 아니라 아예 타인이 되어버리는 자, 자신의 얼굴을 버리고 고스란히 타인의 얼굴을 받아들이는 자—그런 의미에서 그들은 일종의 백지이고 백치다. 유로지비, 그들은 백지처럼 타인의 영혼을 읽고 받아들인다.

유로지비라는 이 기묘한 인물형을 이해하기 위해서는 도스토옙스키의 주인공들이 윤리적 측면에서 미적 정당화를 추구한다는 사실을 다시 한 번 상기할 필요가 있다. 도덕과 미학을 구분하고 인간의 선택과 시도들을 미적 기준에서 해석하고 판단하는 데 있어 도스토옙스키만큼 집요하고 단호한 작가는 별로 없는 듯하다. 그가 작품 안에 출현시키는 유로지비들이 독자들에게 충격과 의문을 남기는 것은 그들의 행동이 기존의 상식과 규범의 테두리를 벗어나고 파괴하기 때문이다. 그런데 순수하고 강렬한 이끌림 외에 어떤 것이 굳건한 법과 도덕을 파괴할 수 있단 말인가. 유로지비들은 도덕적 명제에 이끌리지도 사회적 규율에 흔들리지도 않는다. 오직 자신에게 가장 좋은 것, 자신이 가장 하고 싶은 것에 이끌리고 그에 따라 삶을 노정할 따름이다. 그들의 행위는 도덕에 의해 정당화되지 않고 권력자에 의해 승인될 수 없으며, 무엇보다 그들 자신이 그런 데 일절 관심이 없다.

소냐가 로쟈에게 갖는 이해할 수 없는 열정, 구제불능인 가족에 대해 가졌던 광적인 사랑, 동물에 가까운 백치 리자베타에게 가졌던 애정을 보라. 그것은 타인을 위한 희생이 아니었다. 단지 하고 싶으므로 할 뿐이다. 아무렇지 않게 가장 미천한 삶을 삶으로써 가치 있다고 믿어져온 것들을 한순간 괴물로 만들어버리는 것, 그게 그녀다. 그녀의 선택들을 정당화해주는 건 전적으로 그녀의 욕망밖에 없을 것이다. 그런 의미에서 그것은 도덕이나 법에 의해서가 아니라 다른 방식으로 정당화될 수 있는데, 도스토옙스키는 그것을 곧 '미적 정당화'라 명명한 듯하다. 선과 달리 그 어떤 선험적 기준도 없이, 초월적 이데아와 무관하게, 특정한 순간 고유하게 창조되는 가치, 그것에 이름을 붙이자면 확실히 '아름다움'이 가장 적절할 것 같다.

힘겹게 고백을 마친 로쟈를 포옹한 뒤 소냐는 이렇게 말한다. "당장 사거리에 서서 당신이 더럽힌 땅에 절하고 입을 맞추세요. 그리고 사람들을 향해 말해요. '나는 사람을 죽였습니다'라고!" 물론 당시까지만 해도 로쟈는 그 말에 비웃음으로 대응한다. 그런 뒤 다시 예의 나폴레옹과 머릿니에 대한 일장연설을 시작한다. 그는 비뚤어질 대로 비뚤어진 어조로 말한다. "그래도 언젠가 나는 잡혀 감옥에 가겠지, 하지만 어느 정도 갇혀 있다 보면 또 풀려날 거야. ……
면회 올 거야?" 이에 소냐는 격렬한 감정에 휩싸여, 꼭 가겠다고 재
차 외친다.

　두 사람은 폭풍이 지나간 해안가에 버려진 자들처럼 나란히 앉아 비
탄에 잠겨 있었다. 그는 소냐를 바라보며 자신에 대한 그녀의 사랑이
얼마나 깊은지 느꼈다. 이상하게도 이렇게 사랑을 받는다는 것이 괴롭
고 고통스러웠다. 그렇다. 이상하고 무서운 감정이다! 소냐에게 올 때
그는 모든 희망과 가능성이 오직 그녀에게 있다고, 또 자기 고통의 일
부를 덜 수 있으리라고 생각했다. 그런데 막상 그녀의 마음이 전적으
로 자신에게 향한 것을 느끼자 그는 자신이 어느 때보다 불행해졌음을
의식하게 되었다.
　"소냐." 그가 말했다. "감옥에 있을 때, 오지 마."
　소냐는 대답 없이 울기만 했다. 몇 분이 흘렀다.
　"혹시 십자가 있나요?" 무슨 생각이 들었는지 그녀가 갑자기 물었다.
　그는 질문을 이해하지 못했다.
　"없지요? 그럼, 여기 이, 삼나무로 만든 십자가를 받아요. 내게는 다
른 게 하나 더 있어요. 리자베타가 준 것이죠. 우리는 십자가를 교환했
어요. 그녀는 내게 자기 십자가를 주었고, 나는 그녀에게 성상을 주었
죠. 이제 난 리자베타의 십자가를 걸고 다닐게요. 가져가요. …… 이건
내 거예요, 내 거니까!" 그녀가 간청했다. "함께 고통을 짊어지러 가요.
함께 십자가를 지고……!" (5부)

로쟈는 깨달았다. 그녀의 사랑을 받는 존재는 지상에서 가장 비참한 자라는 것을. 사람들은 그녀가 어느 누구보다 비천한 삶을 산다 여기겠지만 그것은 사실이 아니다. 그녀 자신은 비천함과도 타락과도 무관했다. 전적으로 그렇다. 다만 그녀는 비천한 사람들 '곁에' 있는 존재, 그들의 비천한 삶을 함께 사는 존재였다. 진창 위를 기어 다니는 존재들만이 소냐의 전적인 애정을 받을 수 있다. '소냐들'은 그런 존재들과 더불어 진창 위를 기어 다니고, 인간이 해내기에 가장 어렵고도 가장 고귀한 일, 그러니까 가장 비천하고 고통스러운 일을 거리낌 없이 해낸다. 자아를 벗은 존재, 고통받는 타인의 영혼을 읽어내는 존재, 타인을 통째로 받아들이는 존재!

그들로 하여 지상 너머의 신은 폐기된다. 누가 인간을 구원할 수 있는가? 죽음 이후 찾아뵐 신이 아니다. 사실은 인간을 구원하겠다고 나서는 그 어떤 것도 인간을 구원할 수 없을 것이다. 제아무리 성스러운 백치라 해도 우리는 소냐가 로쟈를 구원했다든지 혹은 구원할 수 있다고 말할 수 없다. 소냐의 위대함은 여기에 있다. 그녀는 구원에의 사명 같은 걸 모른다. 단지 마르멜라도프의 짐도, 로쟈의 짐도 제 것이라 느끼니 그냥 등에 지고 가는 것이다. 소냐들은 자신이 할 수 있고 하고 싶은 모든 행위를 묵묵히 해낸다. 그런 인간이 세상을 구원할 거라고는 차마 말할 수 없으나 그것이야말로 한 인간이 지상에서 할 수 있는 최상의 행위라고 말할 수는 있겠다. 짊어져야 할 것을 진 채 살아가는 것 말고 인간이 할 수 있는 일이 달리 무엇이 더 있단 말인가! 등에 로쟈의 짐을 함께 진 소냐는 말

없이 그것을 보여준다. 자, 이제 "신은 죽었다." 그녀가 자신도 모르게 신을 죽인 것이다.

† 나자로의 부활: 당신은 죽은 뒤에야 살아날 것이다!

소냐는 신을 죽였다. 하지만 소냐는 동시에 로쟈에게 나자로의 부활을 읽어주고, 신의 기적과 은총을 들려준다. 이것은 명백히 모순이 아닌가? 예수의 기적을 믿는 소냐가 무신(無神)의 증거라니? 이 같은 모순이 해결될 수 있는 방법 중 하나는 바로 소냐가 또 다른 예수가 되는 것이다. 소냐가 믿는 신, 그는 피안에서 인간을 굽어보고 평가하고 기다리는 존재가 아니라, 지상에서, 지금 가장 비통해하는 자, 비천한 자들과 함께 하는 존재다. 살인자 매춘부의 곁에 예수가 있다.

살인자와 매춘부는 사회에서 가장 지탄받는 천하디천한 인간이지만 예수는 이렇게 말했다. "너희 중 죄 없는 자 누구냐? 오직 그런 자만이 이 여인에게 돌을 던질 수 있으리라." 도스토옙스키는 분명 이를 염두에 두고 다음과 같은 문장을 적었을 것이다. "이 가난한 방에서 영원한 책을 읽기 위해 만난 살인자와 매춘부를, 비틀린 촛대 위의 작은 양초가 비추면서 서서히 꺼져가고 있었다."

방금 전 소냐는 로쟈에게 성경 속 '나자로의 부활'을 소리 내어 읽어준 참이다. 처음에 머뭇거리던 소냐는 읽으며 점차 격렬한 감정에 휩싸였고 아직까지도 거기서 헤어 나오지 못하고 있었다.

'나자로의 부활'은 제목 그대로 나자로라는 사람이 죽었다 살아 났다는 이야기다. 베타니아에 사는 나자로는 병들어 앓다 그만 죽고 말았다. 두 누이와 마을 사람들이 그의 죽음을 애도하는 가운데 예수가 그 마을에 들른다는 소식이 전해졌다. 예수를 마중 나간 마르타가 말했다. "주님께서 여기 계셨더라면 오라버니는 죽지 않았을 겁니다." 그러자 예수가 말했다. "네 오빠는 다시 살아날 것이다." "너는 이를 믿느냐?" "네, 주님. 주께서 약속된 그리스도이며 하느님의 아들임을 믿습니다." 마르타와 마리아, 그리고 다른 유대인들이 비통해 울고 있는 것을 보고 예수는 눈물을 흘리며 묻는다. "그가 어디 있느냐?" 사람들이 예수를 모시고 무덤으로 향했다. 무덤은 동굴이었고 그 입구는 돌로 막혀 있었다. 예수가 돌을 치우라고 하자 마르타가 "죽은 지 나흘이나 되어 냄새가 납니다."라고 했다. "믿는다면 하느님의 영광을 보리라 네가 말하지 않았느냐?" 이에 사람들이 돌을 치우고 나자 예수가 크게 외쳤다. "나자로야, 나오너라!" 그러자 죽었던 자가 밖으로 나왔는데, 손발은 천으로 감겨 있고 얼굴은 수건에 감겨 있었다. 이 광경을 본 많은 이들이 예수를 믿게 되었다. 예수의 경이로운 사랑과 은총이 죽어 있는 마음들을 깨우고 눈을 씻어주었던 것이다. 구원받고자 간절히 바란다면 신은 어디에나 출현해 인간을 일으킬 것이니, 바로 그것이야말로 신이 행하는 기적이리라.

'나자로의 부활'을 읽는 동안 소냐는 생각했다. 믿지 않는 자들,

눈먼 자들이 이윽고 통곡하며 예수를 믿게 되었던 것처럼 '이 사람'
도 곧 그렇게 될 것이라고. 실상 소냐는 기적을 읽어주는 소녀이자
동시에 기적을 행하는 성자였다. 나자로의 부활을 읽는 것은 곧 로
쟈의 미래를 예언하는 것이기도 하니까. 그는 부활할 것이다⋯⋯!
하지만 로쟈는 엉뚱한 소리를 늘어놓는다.

"이제 내게는 당신밖에 없어." 그가 말했다. "함께 가야 해⋯⋯. 그래
서 찾아온 거야. 우리 둘 다 저주받은 사람들이야. 그러니 가자!"

그의 눈이 빛났다. '미친 사람 같네!' 소냐는 생각했다.

"어디로요?" 그녀가 두려워하며 물은 뒤 자신도 모르게 뒤로 물러
났다.

"나라고 알겠어? 다만 우리의 길이 같다는 것만은 똑똑히 알고 있
어. 그뿐이야. 목적지가 같다는 것!"

그녀는 그런 그를 바라보았지만 아무것도 이해할 수 없었다. 다만
그가 현재 끔찍하게도 불행하다는 것만을 이해했을 뿐이다.

"당신의 말을 누가 이해할 수 있지?" 그는 이어서 말했다. "그런데
나는 이해할 수 있어. 내겐 당신이 필요해. 그래서 왔어."

"무슨 말씀인지⋯⋯." 소냐가 속삭이듯 말했다.

"나중에는 알게 될 거야. 당신 역시 똑같은 짓을 했어. 당신 역시 선
을 넘은 거잖아⋯⋯. 넘어설 수 있었지. 당신은 스스로를 죽인 것과 같
아⋯⋯. 자기 삶을 말이야. (이거나 저거나 마찬가지지!) 명철한 정신과 이성
으로 살 수도 있었지만, 결국 센나야 광장에서 끝장나겠지⋯⋯. 당신

은 참을 수 없을 테고, 만약 '혼자' 남게 된다면 나처럼 미쳐버리겠지. 지금도 이미 그렇게 보여. 그러니 함께 가야 해! 함께 가자!"

"대체 왜? 왜 그런 말씀을 하세요!" 소녀가 그의 말에 격렬한 흥분을 느끼며 말했다.

"왜냐고? 왜냐하면 이대로 있을 수는 없으니까, 그런 거니까! 하느님이 허락하지 않을 거라고 애처럼 소리 지르며 울고불고 할 게 아니라, 이제 진지하고 솔직하게 생각해야 해. 자, 정말 내일이라도 당신이 병원에 가게 된다면, 그때 어떤 일이 벌어질까? 정신 나간 폐병쟁이 여자는 곧 죽을 거고, 그럼 어린애들은? 네 여동생이 파멸하지 않을 것 같아? 이 골목에서 애 엄마가 구걸하라며 자기 애를 내보내는 거 못 봤어? 그 엄마들이 어디서 어떻게 살고 있는지도 난 다 알아봤어. 그런 곳에서는 애가 애처럼 살 수 없지. 일곱 살만 되면 음탕해지고 도둑놈이 돼. 그런데 애들이야말로 그리스도의 형상이라지. '하늘나라가 그들의 것이니라'라지. 그분은 애들을 존중하고 사랑하라고 명했지, 인류의 미래라면서……."

"그래서, 어떻게 하란 말예요, 어떻게?" 소녀가 손을 쥐어짜며 울부짖었다.

"어떻게? 부숴야 할 것을 단번에 완전히 부숴야지, 바로 그거야. 그리고 고통을 혼자 짊어지는 거다! 응? 이해가 안 되나? 나중에는 이해할 거야……. 자유와 권력, 무엇보다도 권력! 벌벌 떠는 피조물과 개미집에 대한 권력……! 이게 목적이야!" (4부)

둘의 동행은 이 시점에서 이미 약속된 것이었지만 보다시피 로 쟈가 생각하는 동행과 소냐의 그것은 아주 다르다. 이때까지도 로 쟈는 자신의 명제와 당위에만 골몰해 있었다. 그는 생각한다. 법이 나 도덕적 규범으로부터 벗어나 힘을 행사하는 것, 그럼으로써 대 중 위에 군림하는 것, 지상에서 가장 강하고 가장 자유로운 존재가 되는 것 ― '선(線)을 넘는다'는 건 바로 이런 것이다. 자신을 둘러싼 선을 훌쩍 뛰어넘는 것이야말로 강함과 자유를 증명한다. 그런 의 미에서라면 소냐도 나와 같은 존재다. 그녀는 양식 있고 이성적인 인간이라면 하지 않을 짓을 거뜬히 해내지 않던가. 그녀는 스스로 를 죽인 것이다. 기꺼이 그렇게 한 것이다. 그러므로 그녀 역시 강 하다. 나자로가 부활한 것처럼 그녀도 부활할 수 있다. 이는 자신을 스스로 죽인 자에게만 허용되는 기적이다.

반면 소냐의 눈에 로쟈는 극도로 불행해 보인다. 그는 죽어간다. 자신이 무엇을 하는지도 모른 채 경화(硬化)되고 고립되어간다. 모 든 관계를 죽이고 그 자신마저 죽이려 하고 있는 것이다. 그것은 자 살 행위일 뿐 자유에 이르는 과정이 아니다.

하지만 소냐는 포기하거나 도망가지 않는다. 그녀는 로쟈를 경 찰서까지 밀어 넣었고, 얼마 지나지 않아 차갑고 어두운 시베리아 까지 그를 좇아간다. 그것이 그녀가 생각하는 '동행'이다. ― 우리는 죽으러 가는 것이 아니라 살러 가는 것이다.

소냐는 로쟈가 내민 손을 기꺼이 잡는다. 하지만 그녀가 믿는 부 활은 로쟈의 그것과 다르다. 그녀가 초점을 맞춘 것은 나자로가 아니라 차라리 나자로 곁의 불신자들이다. 예수에게 간청하는 마르타에게조차 일말의 의심이 남아 있었다. 그렇게 의심하고 주저하는 자들은 숨을 쉬고 있다 해도 나자로와 같은 처지다. 저 사람 로쟈를 보라. 중력 하나에도 힘이 부치는지 제대로 서 있지 못해 휘청대는 저 남자를. 자신을 열길 거부하는 자는 자유로울 수 없고, 또 자유롭지 않은 자는 자유 그 자체가 주는 은총을 결코 맛볼 수 없다. 자유란 우리를 둘러싼 조건들로부터의 해방이 아니라 그 조건들을 기꺼이 껴안을 수 있는 능력이다. 그 조건 안에 있으면서 그것과 다른 관계를 상상하고 시도할 때 조건들은 더 이상 제약이나 한계가 아니게 된다. 나를 이곳에 있게 한 모든 것을 제약으로 느끼는 대신 긍정할 수 있을 때 인간은 최고로 자유로울 수 있다. 생을 이렇게 느끼는 것 말고 어디 다른 은총이 있을 것인가.

예수가 행한 기적은 나자로를 부활시킨 것만을 의미하는 게 아니다. 그것은 수많은 살아 있는 자들의 부활을 불러왔다. 산 채로 예속된 존재, 죽은 것만 못한 존재들이 진정한 의미에서 삶을 느끼기 시작한 것이다! 마치 소녀처럼, 가장 비천한 자들과 더불어 삶을 기쁘게 사는 예수와 만남으로써 말이다. 이렇게 보건대 예수란 하나의 상징 — 인간이 인간에게 선사하는 은총의 메타포라 할 수 있다.

물론 글자 뜻 그대로 모든 부활은 죽음 뒤에 찾아온다. 부활하고자 하는 자는 그보다 먼저 죽어야만 한다. 그리고 그 모든 과정이 진통을 동반할 터이다. 나자로가 다시 태어나기 위해 마치 태아가

산도(産道)를 거치듯 동굴에서 천천히 흘러나왔던 것처럼 그의 이웃들, 살아 있으나 죽어 있던 자들 또한 이전의 삶을 죽이고 새 삶을 위해 거듭나기 위해 일종의 산도를 통과해야 하는 것이다. 헌데 어떻게 해야 죽고 다시 태어날 수 있을까? 『죄와 벌』이 말하는 바는 분명하다. 자기 존재가 위협받는 사건에 직면했을 때, 그럴 때 인간은 괴로워하고 힘에 부쳐 비틀댄다. 그 순간을 어떻게 통과하느냐에 따라 그는 사자(死者)들의 땅으로 떨어질 수도, 신생(新生)을 얻을 수도 있다. 로쟈는 이 시간을 통과하느라 그토록 오래 자학 속에서 몸을 도사려야 했다. 소냐는 긴장 속에 잔뜩 굳은 채 올라간 그의 어깨를 가만히 내려주고.

이제 남은 문제는 이 진통의 과정을 어떻게 겪어낼 것인가, 어떤 태도로 이를 받아들일 것인가다. 이에 대해 소냐는 아주 놀라운 모델이 되어준다. 그녀는 고통과 절망마저 삶의 한 부분으로 받아들일 준비가 되어 있는 사람이다. 그녀는 유형지의 죄인들 사이에서도 기쁨을 느끼며 살 수 있는 존재다. 그녀 자신이 예수이고 은총이었던 것이다.

라스콜리니코프에게는 해결되지 않는 의문이 하나 있었다. 죄수들 모두 어쩌면 그렇게도 소냐를 사랑하는가 하는 점이었다. 그녀가 그들의 비위를 맞춰주는 것도 아니고, 그들이 그녀를 볼 수 있는 때라곤 그녀가 라스콜리니코프를 보기 위해 잠깐 작업장에 들를 때뿐이었다. 그런데도 모두가 벌써 그녀를 알고 있었고, 그녀가 라스콜리니코프를 뒤

따라왔다는 사실도, 그녀가 어디서 어떻게 사는지까지 알았다. 그녀가 그들에게 돈을 주거나 특별한 도움을 준 것도 아니었다. 다만 딱 한 번 성탄절에 모두를 위해 만두와 빵을 가져왔을 뿐이다. 하지만 그들과 소냐는 점점 더 친밀해졌다. 그녀는 그들 친지에게 보내는 편지를 대신 써서 우편으로 부쳐주었다. 이 도시를 찾은 그들의 친척도 그들의 지시에 따라 물건과 돈을 소냐에게 맡기고 갔다. 그들의 아내와 애인들도 그녀를 알고 찾아왔다. 그녀가 라스콜리니코프를 보기 위해 작업장에 나타나거나 작업장으로 가는 죄수들과 마주치게 되면 그들 모두 모자를 벗고 고개 숙여 인사했다. "소피아 세묘노브나, 당신은 우리 어머니예요. 상냥하고 애정이 넘치는 어머니요!" 거칠기 짝이 없는 그 유형수들이 작고 비쩍 마른 존재에게 이렇게 말하는 것이었다. 그러면 그녀도 미소를 지으며 인사했다. 그들 모두 소냐가 이렇게 미소 짓는 것을 좋아했다. 그들은 그녀의 걸음걸이마저 좋아해 그녀가 지나가면 뒷모습을 보기 위해 고개를 돌리면서 그녀를 칭찬했다. 그녀가 그토록 자그마하다는 것도 칭찬했다. 무엇으로 더 칭찬해야 할지 알 수 없을 정도였다. 어떤 이는 아파서 치료를 받고 싶어 그녀를 찾는 사람까지 있었다. (에필로그)

하지만 문제가 남아 있다. 로쟈가 이를 한사코 거부한다는 점이 그것이다.

† 몰락하는 자의 뒷모습: 할 수 있는 자가 구하라!

라스콜리니코프, 그 녀석 엄청난 악당이다! 그렇게 무거운 짐을 짊어지고 있다니. 헛생각만 안 하면 미래에 굉장한 악당이 될 수 있을 텐데. 하지만 지금은 무지 살고 싶은 모양이야. (6부)

죽기 전날 문득 로쟈를 떠올리고서 스비드리가일로프는 이렇게 말한다. 그토록 무거운 짐을 짊어지고 포기하지 않다니, 로쟈는 이미 엄청난 악당이다. 아마 이대로라면 괴물이 될 수도 있을 것이다. 안타깝게도 지금 로쟈의 신체는, 괴물이 되는 것보다는 자신을 보존하길 더 원하는 듯하다. 궁지에 몰렸을 때 모든 생명체가 그런 것처럼. 스비드리가일로프는 그가 그렇게 되지 않길 못내 바라는 듯하다.

스비드리가일로프의 판단은 정확했다. 로쟈는 만만치 않은 악당이다. 그는 유형지에 들어와서도 방자하기 짝이 없다. 소냐로부터 선물받은 성경도 절대 열지 않는다. 작품이 대단원의 막을 내릴 때까지 단 한 번도. 아마 그는 이렇게 생각했을 것이다. 누가 내게 죄를 물을 것인가? 사람들은 아마도 '신'이라고 답하겠지. 하지만 그게 사실이라면 내가 아니라 신이 죄 있는 존재인 것이 아닌가? 왜냐하면 내가 죄를 짓도록 만든 것, 죄를 범할 수 있는 피조물을 대지 위에 풀어놓은 건 신 자신이니까. 하지만 로쟈는 더욱 오만하게도, 그런 신에게 죄를 전가하는 것조차 거절한다. 나의 행위는 나의 것이지 결코 신에 의한 것이 아니기 때문에. 인간은 신 때문에 죄를 짓는 게 아니다. 신에게 미움받아 죄를 짓는 것도 아니다. 모든 행위는 신과 무관하게 이루어진다. 그러므로 행위를 심판하는 것도 신이 아니라 그 자신이어야 한다. 이를 감당할 수 없는 자만이 교회와 재판장 안에 얌전히 앉아 있는 게지……!

어쩌면 이다지도 고집스러울까? 상황이 바닥을 치고 또 치는데도 무엇을 바라기에 자기 생각을 버리지 않는가? 피폐해질 대로 피폐해진 육신에, 남은 것이라곤 정말 아무것도 없는 자신의 처지를 아직도 알아차리지 못했단 말인가?

오래전부터 몸이 아팠다. 하지만 정작 그를 꺾은 건 갇힌 생활도, 노동도, 음식도, 짧게 깎인 머리도, 걸쳐진 누더기도 아니었다. 오, 이 모든 고통은 아무것도 아니었다! 오히려 그에게는 그 작업이 기쁘기조차 했다. 작업 탓에 몸이 기진맥진해지면, 적어도 몇 시간을 곯아떨어질 수 있었으니까. 바퀴벌레가 떠 있는 멀건 양배추 수프나 음식이 뭐 어떻단 말인가? 학생 신분일 때는 그조차 먹지 못하는 날이 많았던 것을. 옷은 따뜻하고 생활 방식도 그럭저럭 맞았다. 채워진 족쇄도 익숙해져 잘 못 느꼈다. 짧아진 머리털과 줄무늬 옷이 뭐가 부끄럽겠는가? 또 부끄러움을 느낄 대상이 어디 있고? 혹시 소냐? 하지만 그를 두려워하는 소냐 앞에서 그가 대체 왜 죄수복 때문에 부끄러울 것인가?

그런데 사실은 어떤가? 그는 소냐 앞에서 수치심에 휩싸였으며, 그 때문에 그녀를 경멸이라도 하는 듯 거칠게 대하며 괴롭혔다. 짧은 머리가, 족쇄가 부끄러운 건 아니었다. 자존심이 심한 상처를 입어서 그 때문에 병이 난 것이다. 오, 만일 정말로 자신의 죄를 인정할 수만 있다면 얼마나 행복할 것인가! 그럴 수만 있었다면 그는 모든 것을, 수치와 모욕을 감내했을 터이다. 그런데 아무리 살펴보고 생각해봐도 자신이 저지른 지난 일로부터 그는 모든 사람이 할 법한 실책 외에는 다른 어떤 특별히 끔찍한 범죄도 그의 양심은 발견할 수 없었던 것이다. 그는 자신, 라스콜리니코프라는 이 사람이 어떤 맹목적인 선고에 의해 이렇게 맹목적으로 희망 없이, 소리도 없이 어리석게 파멸당했다는 사실이, 또한 조금이라도 마음의 위안을 얻기 위해서는 그 무의미한 선고 앞에서 마음을 누그러뜨리고 받아들여야 한다는 사실이 너무 부끄러웠던 것이다.

현재로서는 대상도 목적도 없는 불안, 앞날에 아무 보상도 없을 끊임없는 희생, 바로 이것이 그에게 주어진 세상의 전부였다. 8년 후 그는 고작 서른두 살이 되고, 그때 또다시 삶을 시작할 수 있다 한들, 대체 그게 뭐란 말인가? 왜 살아야 하는 거지? 무엇을 염두에 두고 살아야 하지? 무엇을 지향해야 하나? 그저 존재하기 위해? 하지만 과거에도 그는 사상과 희망을 위해, 하다못해 공상한 것을 위해 자기 전 존재를 수천 번이고 희생할 준비가 되어 있었다. 단지 존재한다는 것으로는 결코 만족할 수 없었던 것이다. 그는 항상 무언가 더 위대한 것을 원했다. 어쩌면 그는 갈망하는 힘이 강했다는 것 하나를 가지고, 자신이 다른 이들보다 더 많은 것을 하도록 허용된 존재라고 여겼던 것일지도 모른다.

만약 운명이 그에게 회한을, 가슴을 치게 하고 잠을 설치게 하는 뜨거운 회한을, 고통 때문에 밧줄과 죽음의 심연이 눈앞에서 어른거리는 그런 회한을 보냈더라면? 그랬다면 그는 얼마나 기뻤을 것인가! 고통과 눈물, 이것도 삶이니까. 하지만 문제는, 그는 자신이 저지른 일에 대해 결코 회한을 갖지 않았다는 사실에 있었다. (에필로그)

어쩌면 작품은 여기에서 끝나야 했을지도 모른다. 도스토엡스키가 굳건하게 견지했던 기독교 사상을 염두에 둔다면 더더욱 그렇다. 인간이 신을 죽였다니, 신을 죽인 자리에 인간이 들어선다니, 이 얼마나 오만불손한 이야기란 말인가! 실제로 우리가 『죄와 벌』을 '신 없음'을 선언하고 스스로 신이 되려 한 어떤 이의 파멸기로 해석할 여지는 충분히 있다. 그렇다면 우리가 잠시 후 확인하게 될, 에필로그 마지막에 짤막하게 붙은 '반전 엔딩'은 결말의 비관적이고 무시무시한 색채를 다소나마 가리기 위한 가느다란 빛이라고 볼 수 있겠다.

하지만 조금 다른 방향에서 에필로그를 적극적으로 해석해볼 수도 있을 것 같다. 기독교 정신의 소유자인 도스토엡스키의 세계에서, 신에 대한 믿음과 사랑을 바치는 대신 신을 끌어내리고 그 자신이 신이 되겠다는 오만한 자는 물론 파멸한다. 그는 몰락할 것이다. 하지만 몰락을 전적인 끝이 아니라 새로운 어떤 것이 시작될 가능성으로, 충만한 영도(零度)로 볼 수는 없을까? 지상의 신, 나폴레옹이 되고자 한 이는 추락해 가라앉지만 그것은 끝이 아니라 단절과 비약, 고로 그는 조만간 다른 모습으로 화해 지금까지와 전혀 다른 지대를 걷기 시작할 것이라고 말이다. 그런 자만이 이전의 냉소와 회의, 오만을 버리고 신의 은총을 입는다. 부활한 그는 이제야 삶을 껴안을 수 있게 된다.

'몰락'이라는 단어가 지금 로쟈가 겪는 상황을 표현할 때보다 더 적절한 경우도 없을 것이다. 바위산 꼭대기에서 천 길 낭떠러지로 속수무책 떨어지는 것, 바닥을 알 수 없는 깊은 물속으로 하염없이 가라앉는 것, 그런 게 몰락이다. 몰락하는 동안 모든 것이 산산이 부서지고 샅샅이 흩어지리라. 손 안에 아무것도 남는 것 없이, 잠시 후 내가 다시 눈을 뜨리라는 보장도 없이 아래로 아래로 잠겨 들어 갈 것이다. 하지만……

니체는 말한다. 인간은 몰락해야 한다. 몰락할 줄 아는 인간, 몰 락을 기꺼이 받아들이는 인간, 스스로 몰락을 택하는 인간—그런 인간이야말로 위대하다. 낭떠러지 아래, 깊은 바다 한가운데로 뛰어든다는 건 그 얼마나 위험하고 무모한 짓인가? 모든 것이 사라질 것이다, 하나도 남김없이 잃고 말 것이다! 바로 그렇기에 몰락하는 자가 위대한 것이다. 그는 자신을 보존하려 하지 않는다. 지금의 자신을 고수하려는 자는 겁먹은 자다. 그는 자기가 가진 이러저러한 지위, 재산, 관계를 지키기 위해 벌벌 떨면서 남은 일생을 보낼 것이다. 하지만 그 지위와 재산이란 게 대체 무엇인가? 그것은 나의 자유가 아니라 차라리 나의 예속을 보장하는 차꼬가 아닌가? 사회가 좋다고 말하는, 남들도 다 가지고 있는, 누구나 원한다고 '들어서 믿는' 재산들이 아닌가? 페테르부르크로 흘러든 많은 사람들이 그것을 추구하며 살아간다. 어떤 대학생도 감히 노파를 도끼로 쳐 죽일 생각을 하지 못하리라. 그건 지탄받을 만한 범죄이고, 내 앞날을 망칠 마귀일 테니까. 그들은 무리 안에서 남들과 똑같이, 평균적 삶을 유지하는 데에서 안도한다. 그러니 결코 몰락할 수 없다. 어떤 것이 조금만 자신을 위협할라치면 그로부터 백보 멀리 달아나버릴 테니까. 그러니 그들이 자유로울 수 있는 날이란 얼마나 요원할 것인가?

그와 달리 자신이 쥔 것들을 놓아버리길 주저하지 않는 자들이 있다. 그게 불필요해서라기보다는 그 모든 걸 버린 뒤 얻고자 하는 게 있어서다. 그런 의미에서 고대 그리스 비극의 위대한 주인공 오이디푸스는 몰락한 자의 전형이다. 그는 모든 것을 잃을 것이다. 하지만 간다. 떠남으로써 모든 것을 잃고, 오직 그렇게 됨으로써 하나를 얻는다. 물론 반문할 수 있다. 고작 그 하나를 위해 몰락을 감행한단 말인가? 나에게 부귀도 명예도 주지 않는 그것을 위해? 이렇게 묻는 자는 오이디푸스에게 '패배자'라는 태그를 붙일 것이다. 인간이라면 성공해야 하고, 성공이란 위신과 재산으로 가늠되는 것이라고 생각하니까. 성공으로부터 급격하게 멀어지는 삶은 실패한 삶이고 그게 곧 몰락인 게다.

그래, 실패자라 불러도 좋겠다. 하지만 문제는 성공이냐 실패냐가 아니라 '어떻게 실패하는가'에 있는 듯하다. 오이디푸스가 실패자라는 말이 틀린 말은 아니다. 다만 그는 도망가고 변명하다 실패한 것이 아니라, 스스로의 실패를 예감하면서도 물러나지 않고 실패를 맞아들인 실패자다. 그는 실패를 향해 큰 보폭으로 걸어간다. 그러므로 그는 수치스럽지 않을 수 있었다.

크나큰 죄를 지었다면 그에 대한 책임을 지고자 해야 한다. 내가 어떤 짓을 했는지, 내가 누구인지 거듭 물어야 한다. 그렇게 물었던 탓에 오이디푸스는 결국 몰락했지만, 그것이야말로 그가 의지한 바라는 사실이 중요하다. 그는 결코 성공을 원하지 않았다. 그는 오직 부끄럽지 않은 인간, 자신이 할 수 있는 바를 하는 인간이 되고자 했고, 마침내 이를 성취했다. 그것으로 된 것이다. 몰락의 정점은 그가 제 두 눈을 찌르고 왕국을 나온 순간에 있었다. 그때 그는 비로소 멋진 실패자가 되었다. 셰익스피어 비극의 주인공들은 그런 면에서 오이디푸스의 적자(嫡子)라 할 만하다.

요컨대 몰락하는 인간은 멋지게 실패하는 자다. 자신의 실패가 '위대한 실패'가 될 수 있길 욕망하는 자다. 몰락한 자는 필연적으로 죽음을 겪는다. 붙잡을 것 없는 황야에 들어선다. 이를 피하지 않는 자만이 다음 길을 걷는다. 그래서 니체는 이렇게 말한다. 인간이란 오직 과정 중의 존재, 고로 매번의 몰락을 통해 다음으로 건너야 한다…….

로쟈의 몰락은 니체가 말하는 몰락과 완벽하게 등치되지는 않는다. 니체의 몰락이 힘과 욕망, 의지의 영역에 속한 문제인 데 반해 로쟈의 파멸은 불신자가 필연적으로 맞이하는 판결이기도 하니까 말이다. 하지만 그간의 지난한 싸움과 소냐가 있었기에 로쟈는 그와 같이 몰락하고 이어 부활의 때를 맞이할 수 있었다. 그 부활의 시간을 암시하는 것이 바로 에필로그의 마지막 대목이다. 그전까지 그는 그저 망상에 시달리는 오만한 수인에 불과했다. 모든 것을 다 잃었지만 아직은 위대한 실패자가 아니고, 부활도 요원하다. 무언가 결정적인 전환이 필요하다. 지금까지 그가 살아온 시간을, 그가 걸어온 길을 단번에 끊어낼 그런 거대한 전환이.

† 구원 : 다시 시작되는 이야기

『신곡』에서 단테는 지옥에서 출발해 연옥을 거쳐 마침내 천국에 도달한다. 지옥과 천국의 위계를 보여줌과 동시에 '상승' 이미지를 그림으로써 빚어지는 종교적 효과가 분명 있을 것이다. 하지만 조금 다르게 생각해볼 수도 있다. 지옥에서 출발해야만 천국으로 올라갈 수 있다는 메시지가 그것이다. 내가 있는 이곳이 지옥임을 인식했을 때, 무지 속에서 화염에 휩싸일 게 아니라 이를 볼 수 있고 사유하기 시작할 때, 그때 비로소 인간은 지옥에서 빠져나갈 길을 얻게 되리라는 말이 『신곡』 전편에 조용하고 강인한 음성으로 울려 퍼지고 있는 게 아닐까? 문제는 이를 위해 필요한 것이 무엇인가 하는 점이다.

『죄와 벌』의 모든 이야기가 끝나기까지 단 세 단락만을 남겨둔 상황에서 로쟈는 이렇게 중얼거린다. 변증법 대신 삶이 도래했다,

의식 속에 무언가 전혀 다른 것이 형성되어야 한다……. 변증법적 사유는 표면적으로는 사유의 전투처럼 보인다. 하지만 사실은 약속된 도식과 절차를 거쳐 도달하는, 예정된 발전 과정에 가깝다. 이를테면 명제 1(正)에 대해 적법하게 이의를 제기하는 명제 2(反)가 나오고 이를 거쳐 보다 발전적인 결론(合)이 도출되는 식. 길과 목적지가 정해진 가운데 지양과 발전이 거듭되는 변증법적 사유를 통해서는 모험도 우발적인 사고도 만나기 어렵다. 생각해보면 우리가 '생각' 내지 '고민'이라고 여기는 것들이 대개 이렇다. 익숙하고 안정된 방식을 따라 관념의 '습관'을 따르는 것이다. 사유의 전제와 해석의 기준을 버리지 않은 채, 기존의 질서와 법칙을 그대로 고수한 채 무언가를 바라보고 묻고 답한다면 그건 사유가 아니라 내 몸에 배인 한낱 습관에 불과한 것이 아니겠는가!

그런데 이제 유형지에서 로쟈는 그것을 멈출 정도로 강하고 충격적인 경험을 하게 될 것이다. 그런 순간은 언제 오는가? 지금까지 쥐고 있던 그 어떤 명제로도 해석되거나 해결되지 않을 낯선 것과 조우했을 때다. 그럴 때 우리는 충격과 당혹감에 휩싸여 이것의 정체를 묻고 또 묻지만 아무리 물어도 그 답이 찾아지지 않는다. 정신을 차리고 보니 익숙한 길에서 이탈해 있고 목적지를 잃은 상태인 것이다. 그때 문득 깨닫게 될 터이다, 자기 사유의 한계를.

로쟈는 바로 이 순간을 시베리아에서 맞이했고, 그리하여 변증법 대신 삶이 도래했다고 외치게 된다. 그렇게 되기까지의 과정을 묘사함에 있어 도스토옙스키는 물리적으로 짧은 지면 안에 급격한 변화 전부를 담아내길 택했다. 그래서 이 대목에서는 독자들의 적극적인 추리와 상상이 유독 많이 요구된다. 자, 한 번 보자.

유형지에서 맞은 부활절 기간 동안 크게 앓아눕게 된 로쟈는 아주 인상적인 악몽을 꾸는데, 회복되어 가는 중에도 이때의 환각이 종종 찾아와 그를 괴롭히기 일쑤였다. 마치 똑바로 들여다보고 정신 차리라는 듯이 말이다. 도대체 어떤 꿈이었을까?

전 세계가 아시아에서 유럽으로 번진, 전무후무한 무서운 전염병에 희생될 운명에 처했다. 소수의 선택된 인간을 제외하고 모두가 파멸을 피할 수 없었다. 육안으로는 보이지 않으며 인체에 기생하는 새로운 섬모충이 나타난 것이다. 그런데 이것은 지성과 의지를 가진 영적 존재였다. 이것에 감염된 즉시 인간은 미쳐버렸다. 하지만 감염자만큼 자신이 진리에 있어 확실한 위치에 있는 현자라고 믿는 사람도 없었다. 자신의 판단과 과학적 결론, 도덕적 확신과 믿음에 대한 이들의 확신은 다른 어느 때와도 비교될 수 없을 정도였다. 온 마을과 도시들이 감염되어 미쳐갔다. 모두가 불안에 몸을 떨었고 서로를 이해하지 못했으며 오직 자신만이 진리의 담지자라 생각해 타인을 보면 괴로워 가슴을 치고 울부짖고 손을 쥐어짰다. 누구를 어떻게 심판해야 할지, 무엇이 악이고 무엇이 선인지 알 수 없었다. 누가 죄인이고 누가 아닌지 결정할 수도 없었다. 사람들은 무의미한 증오 속에 서로를 죽였다. 서로에 맞서 군대를 결성했지만, 진군하다 말고 아군을 죽이기 시작했고, 대열은 사분오열에 병사들은 서로에게 달려들어 찌르고 베고 물어뜯었다. 도시마다 하루 내내 경종이 울리며 사람들을 소집했지만, 누가 무엇 때문에 그렇게 하는지는 아무도 몰랐고 그저 불안해하기만 했다. 모두가 자기 생각과 대책을 내놓았으나 서로 일치하지 않았고, 그래서 일상적인 일들까지 모두 놓아버렸다. 농사도 중단되었다. 들리는 말로 어딘가에서는 사람들이 모여 앞으로 함께 해나가자고 합의하고 절대 헤어지지 말자고 맹세도 했단다. 그러나 금세 사태가 변해 그들 역시 서로를 공격해 주먹다짐에다 칼부림이 일어났다. 화재와 기근이 시작되었다. 모두가, 모든 것이 파멸해갔다. 전염병은 기세등등해져 더욱더 멀리 확산되었다. 전 세계를 통틀어 구원받을 수 있는 선택된 자는 소수에 불과했으며, 이들에게는 이 땅을 복구하고 정화할 소명이 있었다. 하지만 누구 하나 그들을 보지도, 그들의 말과 목소리를 듣지도 못했다. (에필로그)

이 꿈이야말로 그가 지금까지 해온 싸움, 그가 거쳐온 지옥을 보여주는 듯하다. 보자. 확산되어가는 전염병은 지금까지 유지되어온 그 어떤 공고한 앎과 확신도 무너뜨릴 만큼 강력했다. 법과 규범이 사라진 힘의 세계가 도래했다! 아니 그렇다면 이것이야말로 나폴레옹 같은 강자들의 비전이었던 세계상인가? 그게 아니다. 보다시피 이건 전염병에 불과하다. 이 상황은 기생충에 감염되어 오직 나만이 옳다고, 정해진 어떤 규준도 길도 없다고 믿게 된 한시적 착란에 불과하다. 이 전염병에 대한 도스토옙스키의 우려를 독자들은 『악령』에서 또 한 차례 만날 수 있다. 앞서 언급했듯 그것의 이름은 허무주의. 유럽을 떠도는 유령의 이름은 허무주의다. ― 모든 것이 헛되다, 무엇에도 기댈 수 없다, 대체 왜 살아야 하고 무엇을 위해 노력해야 한단 말인가! 이와 같은 외침이 메뚜기 떼처럼 유럽 대륙을 쓸고 다닌다는 게 『악령』에서 드러난 도스토옙스키의 근심이었던 것.

그렇다면 우리는 로쟈가 허무주의자였다고, 노파 살해가 허무주의의 발로였다고 결론을 내려야 할까? 모든 것이 헛되므로 무엇을 해도 좋다고 믿었다고, 노파를 살리든 죽이든 그것은 아무 의미도 없다고 그가 믿었던 것이라고?

물론 자신의 힘을 확인하려는 실험이 자칫 허무주의의 심연으로 빠질 가능성 얼마나 농후한지는 죽은 스비드리가일로프가 잘 보여주었다. 몰락하기 위해서는 심연을 들여다보아야 한다. 하지만 심연을 보고서도 그것을 견딜 수 있을 만큼 강한 인간이 아닌 한 그는 삶으로 돌아오지 못한 채 부서지고 말 것이다. 삶에 목적지가 정해져 있지 않다는 것을 뼈저리게 깨달았을 때 평범한 인간이 쉬이 빠지는 것은 회의와 냉소, 그리고 무의미하고 무모한 돌발행위들인 것이다.

무서운 악몽이 어떻게 해서 로쟈를 스비드리가일로프가 빠진 위험으로부터 구제해줄 수 있었는지, 꿈에서 깨어난 뒤 로쟈가 무엇을 새로 생각하고 다르게 보기 시작했는지에 대해 작품은 일언반구도 없다. 다만 그 직후 로쟈가 결정적으로 바뀌었다는 사실만이 표현될 뿐이다. 이에 대해 우리는 로쟈가 꾼 꿈은 곧 그가 긴 터널에서 빠져나오고 있음을 보여주는 것이라 해석해볼 수 있을 것 같다. 그 꿈은 그가 무의식적으로 알고 있으나 안간힘을 써 외면하고 있었던 의구심을 그에게 일깨웠으리라. 꿈속의 사태는 그 얼마나 잔혹하고도 무의미한 것이던가. 자신이 진리의 담지자라 믿는 자의 어리석음과 광기는 그 얼마나 끔찍한 사태를 초래하는가 말이다. "범행 직후 네바강 위에 서 있을 때 로쟈가 끝내 그 아래로 몸을 던지지 않았던 것은 이미 이것을 예감하고 있었던 탓인지 모른다……." 작품은 이렇게 말한다. 그래서 그는 지난한 싸움을 이어갈 수 있었던 게 아닐까? 그의 의식이 이 생각을 억지로 내리누르고 있었지만 자신에 대한 그와 같은 의심은 끊임없이 고개를 쳐들어 그를 괴롭혔을 터이다. 내 신념은 한낱 허위가 아닐까? 실은 신념도 진리도 아니고 그야말로 허위가 아닐까? 나를 속이고 삶을 외면하기 위해 일부러 어리석은 짓을 벌이고 있는 중인 게 아닐까? 한낱 관념 속에서 노닐면서 세계의 허무를 증명하고자 한 건 아니었을까? 운이 좋았던 것인지 그는 강물에 뛰어들지 않고 앞으로 있을 변화를 위해 기다리길 택했다. 그리고 여기 시베리아에서, 새로운 삶의 전조가 시작된 것이다. 그것은 소냐가 그토록 원했던 부활이었다.

자, 이상의 일이 오만하고 영민했던 청년 로쟈에게 일어났다. 일어난 사태를 목전에 두고 비겁하게 못 본 척하거나 도망가지 않은 덕분에 그는 새로이 눈을 뜰 수 있게 된다. "변증법 대신 삶이 도래했다!" 오직 관념 속에서 이렇게 재고 저렇게 재고, 이런 당위를 만들고 저런 당위를 깨부수며 자기 방 속에 틀어 앉아 있던 시절과 작별을 고하고 이제야 비로소 로쟈는 자신과 대면하고자 한다. 그러자 기다렸다는 듯 진정한 의미에서의 회복이 이루어진다. 병은 씻은 듯이 나았고 주위 풍경은 여느 때와 다르게 평화로워 보인다.

그는 실로 오랜만에 소냐를 다시 만난다.

갑자기 그의 옆에 소냐가 나타났다. 그녀는 조용히 다가와 옆에 나란히 앉았다. 때는 아직 이른 시각이라 아침의 찬 기운이 남아 있었다. 그녀는 초라하고 낡은 겉옷을 입고 초록색의 숄을 걸친 채였다. 얼굴에는 아직 병색이 가시지 않아 핼쑥하고 창백했고, 두 뺨도 야위어 있었다. 그녀는 상냥하고 기쁜 얼굴로 미소 지었고, 전처럼 주저하며 손을 내밀었다.

그녀는 항상 조심스럽게 손을 내밀었고, 아니면 그가 손을 뿌리칠까 두려운지 그마저 하지 못했었다. 그는 언제나 혐오감 속에서 그녀의 손을 잡는 것처럼 보였다. 그리고 늘 못마땅한 얼굴로 그녀를 맞이했고, 어떤 날은 그녀와 함께하는 내내 입을 꾹 다물고 있기도 했다. 그녀는 그가 무서워 슬픔에 젖기도 했다. 그런데 지금 그들의 손은 서로 떨어지지 않았다. 그는 얼른 그녀를 처다보고 아무 말 없이 시선을 내려 땅바닥을 바라보았다. 그곳에는 그들 둘뿐이었고, 보는 사람도 없었다. 호송병도 마침 얼굴을 돌린 채였다.

어떻게 그런 일이 일어났는지 그도 알 수 없었지만, 무언가 그를 사로잡아 그녀의 발 아래 몸을 던지게 한 것 같았다. 그는 울면서 그녀의 무릎을 끌어안았다. 처음에 그녀는 너무 놀라 얼굴이 죽은 사람처럼 창백해졌다. 그녀는 자리에서 벌떡 일어나 벌벌 떨면서 그를 내려다보았다. 하지만 이내 그녀는 모든 것을 이해했다. (에필로그)

기다렸다는 듯 완전히 새로운 건강이 그를 찾아온다. 삶이 도래했다! 끓는점을 넘어서자 순식간에 들끓기 시작하는 기름처럼, 기나긴 진통 가운데 비등점을 넘어서자 마법처럼 변신이 이루어진 것이다. 로쟈는 지난번에 이어 다시 한 번 소냐 앞에 몸을 던져 그녀의 무릎을 안는다. 하지만 첫 번째와 두 번째의 포옹은 전혀 다르다. 오만함에 차 자신보다 고통받는 낮은 사람을 안아주려 했던 이전과 달리 이제야 소냐를 온전히 이해하고 사랑할 수 있게 된 듯한 기분에 사로잡힌 것이다. 그는 그녀가 정말로 "그의 삶을 자신의 삶으로 여기고" 살았음을 비로소 받아들일 수 있게 되었다. 그녀야말로 삶을 직시하고 무구하게 그것을 받아들일 줄 아는 인간이다.

그는 모든 것을 잃었다. 몰락했다. 유형지 바깥의 사람들 모두 그가 패배했다고, 모든 것을 상실했다고 말하리라. 하지만 그 몰락 끝에 비로소 그는 건너편으로 가기 시작했다. "소냐의 길이 내 길이 될 수도 있지 않을까? 적어도 소냐의 감각, 그리고 소냐의 욕망이……." 스스로에게 던진 이 같은 말이 로쟈의 부활을 암시한다. 신 없는 세계에서 무소불위의 강한 인간이 되고자 했던 욕망이 그에게서 떨어져 나갔다. 소냐 앞에 무릎을 꿇고 사랑을 고백하고 있는 로쟈가 원하는 것은 그 자신 소냐가 되는 것이다. 나폴레옹의 오만함을 동경하던 청년이 이제 삶의 비루함과 비천함을 그대로 받아들이는, 고통을 힘껏 껴안음으로써 그것을 구원에의 문으로 변모시키는 유로지비의 길을 갈망하기 시작한 것인지도 모른다. 자, 이것이, 두 여인을 살해한 뒤 겪은 지난한 싸움 끝에 그가 이른 길이다. 그런 면에서 볼 때 그간의 싸움은 헛된 것만은 아니었다고 할 수 있다. 부활은 시험과 고난, 몰락과 죽음 뒤에만 온다, 그것들로부터 달아나지 않은 자에게. 이는 진정 구원의 시간이요, 리셋(reset)의 시간이라 할 만하다.

이곳은 여전히 19세기 러시아 땅이지만…… 무엇인가 변했다. 그 자신이 변했기 때문이다. 이제 그는 모든 것을 수락할 준비를 마쳤다.

과거의 그 모든 고통은 대체 무엇인가! 모든 것이, 범죄와 판결과 유형마저도 최초의 환희를 만끽하는 그에게는 어떤 외적이고 이상한 것처럼, 그에게 일어난 일이 아닌 것처럼 느껴졌다. 그러나 그날 저녁에는 뭔가 오랫동안 생각하거나 생각을 집중하는 게 불가능했다. 그보다는, 의식을 통해 해결할 수 있는 게 아무것도 없었다. 그는 그저 느꼈다. 변증법 대신에 삶이 도래했고, 의식 속에서 무엇인가 전혀 다른 것이 생성되어야 한다는 것을. (에필로그)

하지만 무턱대고 로쟈가 이제 회개했다고, 선한 인간이 되었다고 말하기는 어렵다. 그는 그저, 뭐랄까, 이상해져버렸다. 익숙했던 모든 것을, 무엇보다도 과거의 자신을 낯설게 느낄 정도로 변한 것이다. 그 변화야말로 새로운 무엇을 예고하는 것이리라. 이제 정말로 하나의 이야기가 끝나고 새로운 이야기가 시작되려 한다. 그는 이제야 그 길 위로 들어섰다. 그러니 『죄와 벌』의 대단원이 다음과 같은 문장으로 끝을 맺는 것은 필연적인 일이다. 그렇지 않은가? 이것은 끝이고, 동시에 새로운 이야기의 시작이다.

이제부터 새로운 이야기, 한 사람이 다시 살아나는 이야기이자 새롭게 태어나는 이야기, 그가 한 세계에서 다른 세계로 넘어가 이제까지 완벽히 무지했던 새로운 현실을 알아가는 이야기가 시작된다. (에필로그)

그의 작품을 어떤 것이라도, 단 한 번이라 도 읽어보았다면 누구나 동의할 것이다. 도스토옙스키는 어둠을 들여다보는 작가다.

헤아릴 수 없는 욕망들이 들끓는 가운데 만들어지는 무늬. 인간 이란 그런 것이다. 표면을 덮은 고른 색의 피부를 벗기고 보면 인간 에게서 보이는 것이라곤 거대한 심연—선이라고도 악이라고도, 좋 다고도 나쁘다고도 할 수 없는 것들이 만들어지고 충돌하는 어두 운 구멍이다. 일상을 영위하고 사회생활을 유지하는 건 이 심연을 덮고 있는 피부 바깥의 일이지만, 생의 근원적인 문제는 다 피부 아 래에서 만들어진다. 아무려나 삶은 욕망들이 빚어내는 운동과 다 툼의 과정이니까.

『죄와 벌』은 거의 직접적으로 심연을 들여다보길 권한다. 로쟈처럼 떠나고 로쟈처럼 패배하고 로쟈처럼 마침내 몰락하라! 그때 비로소 오랜 변증법의 시간이 끝나고 삶이 도래할 것이니. 심연을 들여다본 자만이 혼돈 속에서 분투할 수 있고 마침내 삶을 껴안을 힘을 얻을 수 있다. 왜냐하면 삶은 예측한 대로 되지 않고, 규정하는 대로 존재하지 않고, 선하지도 않고 악하지도 않으니까. 그런 삶을 사랑할 수 있으려면 가장 먼저는 피부 밑에서 꿈틀대는 욕망과 힘을 느껴야 할 일이다.

자기 심연을 들여다보는 자만이 기꺼이 몰락해갈 수 있다는 말은 도스토옙스키의 모든 작품에서 되풀이되고 있다. 그러니 그의 작품들을 읽으면서 독자는 스스로에게 물을 수밖에 없다. 나는 심연까지 내려가 그것과 대면할 용기를 지녔는가? 나는 두려움을 무릅쓰고라도 내 비루한 형상을 바라볼 수 있는가? 몰락을 두려워하는 나는 자기 생에 대해 불평만 늘어놓을 뿐 실은 그 어떤 변화에 대해서도 주저하고 있는 것은 아닌가? 이대로 얼굴 없는 이를 향해 화내고 칭얼대다 이만 내 생을 마쳐야 하는 것은 아닐까?

러시아 화가 바실리 페로프(Vasily Grigorevich Perov)가 그린 도스토옙스키의 초상화

함께 읽으면 좋은 책들

도스토옙스키의 작품

석영중 옮김,『가난한 사람들』, 열린책들
도스토옙스키의 처녀작. 가난한 관료와 가난한 아가씨가 주고받은 편지들로 이루
어진 이 작품은 가난, 수치심, 글쓰기, 연민과 사랑 등의 테마를 다룬다. 이 작품을
통해 도스토옙스키는 평단의 엄청난 지지를 받으며 작가로 데뷔했다.

이덕형 옮김,『죽음의 집의 기록』, 열린책들
도스토옙스키의 시베리아 유형 시절의 경험을 바탕으로 집필된 소설. 이후 그의 작
품의 주된 모티프가 될 유로지비, 초인, 민중 등의 테마가 잘 드러나 있다.

이상룡 옮김,『미성년』, 열린책들
간질병을 앓는 백치 미슈킨 공작의 불가해한 선량함과 사랑은 가히 충격적이다. 도
스토옙스키의 주된 인물 유형인 '유로지비'에 대해 알고 싶다면 이 책을 권한다.

김연경 옮김,『악령』, 열린책들
도스토옙스키의 가장 기묘하고 난해한 장편소설로, 화가 에드바르 뭉크가 죽을 때
품에 안고 있었다는 일화로도 유명하다. 스타브로긴이라는 전례 없는 캐릭터를 통
해 당시 유럽을 휩쓴 허무주의 사상에 대한 도스토옙스키의 사유를 엿볼 수 있다.

그 외 책들

니콜라이 고골, 조주관 옮김, 『뻬쩨르부르그 이야기』, 민음사
단편 「코」, 「외투」 등 고골의 대표적인 작품들이 수록된 연작소설집. 페테르부르크를 배경으로 관등사회 속 인간들의 욕망과 부침이 잘 묘사되어 있다.

E. H. 카, 권영빈·김병익 옮김, 『도스또예프스끼 평전』, 열린책들
역사학자인 에드워드 카의 도스토옙스키 평전. 도스토옙스키를 다룬 평전들 가운데 단연 손에 꼽히는 작품으로, 도스토옙스키의 작가의식과 삶만이 아니라 주요 작품들에 대한 독해도 도스토옙스키 입문자들의 이해를 상당 부분 돕는다.

니콜라스 V. 랴자놉스키·마크 D. 스타인버그, 조호연 옮김, 『러시아의 역사』, 까치
도스토옙스키의 작품을 보다 풍부하게 읽고자 한다면 표트르 대제, 페테르부르크의 설립과 변화, 러시아정교 등을 알면 유용하다. 러시아의 근대문학을 입체적으로 만나고자 한다면 이 책을 읽어보길 권한다.

게오르그 루카치, 김경식 옮김, 『소설의 이론』, 문예출판사
도스토옙스키에 대한 책을 쓰기 전에 문제의식을 다진다는 각오로 청년 루카치가 썼던 처녀작. 유럽 근대문학에 대한 이해와 더불어 유럽에는 없으나 도스토옙스키에게는 있는 희망의 정체를 논하고 있다.

미하일 바흐친, 김근식 옮김, 『도스또예프스끼 시학의 제문제』, 중앙대학교출판부
도스토옙스키에 대한 사랑과 열정으로 가득한 문예비평가이자 철학자인 바흐친의 도스토옙스키론(論). 다소 난해한 책이지만 도스토옙스키를 보다 다양한 방식으로 깊이 있게 읽고 싶다면 이 책이 도움이 될 것이다.

국립중앙도서관 출판시도서목록(CIP)

죄와 벌 : 몰락하는 자의 뒷모습 / 수경 지음. -- 서울 : 작
은길출판사, 2017
  p. ; cm. -- (고전 찬찬히 읽기)

ISBN 978-89-98066-09-3 04080 : ₩14000
ISBN 978-89-98066-12-3 (세트) 04080

소설 비평[小說批評]
죄와 벌[罪--罰]
러시아 소설[--小說]

892.8309-KDC6
891.733-DDC23   CIP2017026478

죄와 벌

몰락하는 자의 뒷모습

2017년 11월 7일 초판 1쇄 펴냄

수경 지음

펴낸이 최지영 | 펴낸곳 작은길출판사 | 출판등록 2011년 10월 25일 제25100-2014-000022호
주소 서울시 노원구 덕릉로79길 23 103-1409호 | 전화 02-996-9430
팩스 0303-3444-9430 | 전자우편 jhagungheel@naver.com
페이스북페이지 jhagungheel | 공식 블로그 jhagungheel.blog.me
독자교정 신다영

ⓒ 수경 2017

ISBN 978-89-98066-09-3 04890
ISBN 978-89-98066-12-3 04800(세트)